La Caresse du Milliardaire

Père Lolo

LA CARESSE DU MILLIARDAIRE

First edition. May 19, 2024.

ISBN: 979-8224064342

Written by Père Lolo.

Also by Père Lolo

Échos de passion
Une épouse pour un milliardaire
Le Passager Clandestin
Mauvais avec l'amour
Steve du Nouvel An
Ma Violente Valentine
La Déesse de l'île
Réclamer sa Propriété
3 fois plus de chaleur
3 fois plus de chaleur
Jaune
L'éternité du Milliardaire
Attendre pour toujours
Celui qui s'est enfui
La Caresse du Milliardaire

Dans "La Caresse du milliardaire", plongez dans une histoire d'amour palpitante et intense alors que Leila assiste à un concert secret de son ex-petit ami, le célèbre musicien Corbin Wolfe. Après s'être rencontrés par hasard, Leila et Corbin ravivent une ancienne flamme, incapables de résister à l'attraction magnétique qui existe entre eux.

Leila, une jeune divorcée et mère d'un petit garçon, est confrontée à un passé qu'elle avait tenté d'oublier. Corbin, quant à lui, est un milliardaire séducteur qui cache un côté vulnérable et sensible. Ensemble, ils explorent une connexion profonde et sensuelle, se soutenant mutuellement dans leurs luttes personnelles.

Avec des personnages complexes et des émotions brutes, "La caresse du milliardaire" vous emmène dans un voyage de découverte de soi, de romance et de passion. Embarquez pour une aventure inoubliable alors que Leila et Corbin se battent pour leur amour malgré les obstacles qui se dressent sur leur chemin. Ce roman vous tiendra en haleine jusqu'à la dernière page, vous laissant avec un sentiment de satisfaction et d'espoir.

CHAPITRE 1

Cela s'est produit en une fraction de seconde.

Un clin d'œil.

Un halètement.

Pas le temps de se préparer à l'impact.

Pas le temps de souhaiter avoir prêté plus d'attention, attendu que toutes les voitures se soient dissipées.

Juste comme ça, mon monde était composé de pneus crissants, de verre brisé et d'écrasements de métal.

Cela a commencé comme un million de fois auparavant. J'ai fait avancer ma voiture, reconnaissant qu'il y ait au moins deux conducteurs qui n'étaient pas de parfaits connards, bloquant le virage à gauche à l'intersection. J'ai avancé ma berline vers ma destination finale, fredonnant une chanson pop que je détestais, mais dont je connaissais pratiquement chaque mot. Un autre jour, j'aurais simplement pu me frayer un chemin sans me poser de questions, mais aujourd'hui, j'ai vérifié pour m'assurer que la voie était libre.

C'est du moins ce que je pensais.

Les airbags sortaient de mon volant, une odeur de quelque chose de brûlé envahissait mes narines. J'ai regardé mon bras. Une coupure rouge et furieuse me lança un regard noir, mais l'adrénaline ne me fit ressentir rien d'autre qu'un bourdonnement sourd dans mes oreilles. Une égratignure que je ne pouvais pas démanger.

"Espèce de salope stupide!"

Le grognement me parvint derrière le brouillard et je clignai des yeux. Lâchez enfin le volant. La voiture tremblait encore, alors j'ai coupé le moteur. J'ai réalisé que ce n'était pas du tout ma voiture qui tremblait.

C'était moi.

"Hé!" tonna la voix grave venant de l'extérieur de la fenêtre. "Sortez de votre voiture!"

J'ai tourné la tête vers la gauche. Sentir les larmes monter dans ma gorge. Mon corps tremble comme s'il suffisait de la plus douce des brises pour me briser en un million de morceaux.

Quand je me suis retrouvé face à face avec le furieux au visage rouge de l'autre côté de ma fenêtre, j'ai eu le sentiment que je n'avais pas à m'inquiéter d'un coup de vent car cet homme était un ouragan de catégorie 5, et il avait l'air prêt à le faire. me déchire à mains nues.

Dans des circonstances normales, c'était probablement un gars sympa. Il portait une chemise de travail rayée, « Steve » gravé en cursive, juste au-dessus de « Bonne journée ». J'ai deviné qu'il passait probablement une bonne journée avant de le désosser. Sa tête chauve semblait prête à exploser, ses yeux globuleux rétrécissaient tandis qu'il passait son pouce par-dessus son épaule.

"Regarde ce que tu as fait à ma voiture!"

Je me mordis la lèvre en tendant le cou et jetai un coup d'œil à ce qui était autrefois sa voiture. Maintenant, ce n'était plus qu'un désordre de métal et de verre, dépassant de notre panneau communautaire comme un salut.

"J-Jésus," commençai-je d'une voix rauque. "Je suis vraiment désolé..."

"Je m'en fous si tu es désolé!" il a crié. "Sortez de la voiture pour qu'on puisse comprendre cette merde." Il tapota son poignet nu, comme si le temps était une perte. « Je dois me mettre au travail. Savez-vous au moins ce que c'est ? As-tu au moins un travail ?

Quelque chose m'a dit de verrouiller ma porte. Ou j'espère que j'avais toujours cette capacité et qu'elle n'a pas été endommagée lors de l'épave. Il a dû lire dans mes pensées car sa main s'est précipitée vers la poignée de ma porte juste au moment où j'appuyais sur le bouton. Je n'avais jamais été aussi heureux d'entendre ce son de ma vie.

Malheureusement, le son ne faisait que le mettre encore plus en colère. "Obtenir. Dehors. De...

— Éloigne-toi de sa voiture. MAINTENANT."

La deuxième voix était tout aussi effrayante. Tout aussi terrifiant. La différence était que toute cette colère et cette testostérone étaient dirigées contre Steve, pas contre moi.

Mes yeux se tournèrent vers mon sauveur et une toute nouvelle sensation m'envahit. Tiré juste à l'endroit entre mes cuisses.

L'homme que j'avais frappé était solide. Il a probablement fait du sport au lycée et avait une longue liste d'enfants qu'il a intimidé au cours de ses jours de gloire.

Le deuxième gars le dominait de plusieurs centimètres. Avec ses muscles saillants à peine contenus par ses manches courtes et ses mèches blondes mouillées, il venait tout juste de sortir de la salle de sport. Fort de soulever des poids et d'avaler des boissons protéinées.

Je mourais d'envie que Steve lui donne une raison.

Steve hésita, puis bomba la poitrine. "Cela ne vous regarde pas!"

"Tu en as fait mes affaires quand je me suis arrêté pour voir si tout le monde allait bien et-" Captain America fit une pause, ses yeux gris troubles l'ignorant et se tournant vers moi. « Est-ce que ça va, mademoiselle ? Dois-je appeler le 911 ?

"911?" Répétai-je d'une voix haletante et idiote. Je me raclai la gorge tandis que le feu montait sur mes joues et baissais les yeux sur mon corps. Vous cherchez quelque chose qui ne va pas et heureusement, cela revient vide. La seule chose qui me faisait un peu mal était la brûlure au bras, mais c'était superficiel.

Peut-être qu'il pourra mieux l'embrasser...

"Je-je vais bien."

"Ma voiture ne va pas bien", grogne Steve derrière lui, complètement submergé par le torse le plus athlétique que j'aie jamais vu dans la vraie vie.

Je n'aimais même pas les gars super musclés. D'après mon expérience, cela équivalait à un surmoi. Des gars qui se promenaient comme s'ils étaient un cadeau de Dieu pour les femmes. Mais il y avait quelque chose chez cet homme qui était absolument irrésistible. Peut-être était-ce dû au fait qu'il s'était précipité, prêt à écraser le connard que j'avais frappé dans le ciment s'il mettait à exécution la menace dans ses yeux marron foncé. J'avais le sentiment que Steve m'aurait assommé avec un de ses poings poilus s'il n'y avait pas eu de témoins présents.

Steve contourna le blond d'un seul mouvement saccadé, probablement enhardi par le fait que j'avais dit que j'allais bien. Prêt à me donner de quoi me plaindre.

« Elle ne faisait pas attention ! Putain de bi-"

Il n'a pas fait passer le reste du message avant que le mystérieux type ne le soulève. Comme s'il ne pesait rien du tout. Comme s'il ne voulait rien dire du tout. Le devant de la chemise de Steve était enroulé dans son puissant poing. Les membres de Steve pendaient pathétiquement comme une poupée de chiffon, son visage vidé de toutes couleurs. Toute la colère qu'il était prêt à déchaîner contre moi fut remplacée par une terreur brûlante.

« On aurait dit que vous étiez sur le point d'appeler cette femme autrement que par son nom. Si vous lui manquez de respect une fois de plus, votre voiture sera le moindre de vos soucis.

J'ai regardé, bouche bée. Je tirais sur le devant de ma chemise parce qu'il faisait soudainement très chaud ici.

Qui était ce type ?

Et quelle était cette sensation dans ma poitrine et... plus bas ? Il y avait eu des gars qui valaient la peine d'être remarqués, mais ils ont tous fini par me décevoir.

Ce sentiment? Cette attirance instantanée ? C'était nouveau.

Pour la première fois, j'avais l'impression d'être prêt à passer directement à la bonne partie du livre. Que je donnerais n'importe quoi pour que ces mains puissantes soient partout sur moi. Me soulevant. Serrant mon corps contre son corps. Les mains s'étalèrent partout sur moi. J'écarte les cuisses. Faire des choses que j'avais évitées, bon sang, je me suis enfui à toute vitesse parce que je ne voulais pas que ma première fois soit avec quelqu'un de maladroit.

Je voulais que ça signifie quelque chose.

Et quelque chose me disait que si c'était lui, cela me changerait pour toujours.

Sortez-en, Lay ! C'est juste un bon Samaritain. Et donc hors de votre ligue.

C'était plus difficile que cela n'aurait dû l'être et cela n'avait rien à voir avec l'accident, mais j'ai essayé de me concentrer sur la tâche à accomplir. J'avais besoin d'obtenir mes informations. Le 911 n'était pas nécessaire, mais je devais appeler mon assurance. Obtenez les informations de Steve, ce que je ne me serais pas senti à l'aise ou en sécurité si je n'avais pas eu quelqu'un là-bas pour m'assurer qu'il n'allait pas par courrier.

Le gars blond a laissé Steve partir et j'ai essayé de ne pas sourire alors que je regardais l'homme fanfaron se précipiter vers sa voiture. J'avais le sentiment que Steve aurait toutes les informations dont j'avais besoin, sans qu'on ait besoin de me le demander deux fois.

Mon mystérieux sauveur se pencha, au niveau de ma fenêtre. Sans même réfléchir, j'ai déverrouillé ma porte. Mon geste l'a également surpris, mais il n'a pas saisi la poignée de la porte. Il a fait quelque chose d'encore pire : il m'a adressé un sourire qui a fait fondre mon cœur dans une flaque collante dans ma poitrine.

«Je m'appelle Corbin», dit-il après avoir étudié mon visage comme si j'étais celui d'une beauté dévastatrice. "Ça va être OK."

MEGAN ÉTAIT DÉJÀ BUZZÉE et c'était une bonne chose. Si elle était absolument sobre, aucune capacité d'acteur ni aucune consommation d'alcool ne pourraient effacer le regard OMFG de mon visage. Au lieu de cela, elle a simplement attribué ma réaction au fait que nous étions si près de la scène que nous pouvions sentir la sueur d'About Us. Et d'après les cris de joie qui ont éclaté autour de nous, je n'étais pas le seul à être prêt à ce que le groupe monte sur scène.

"Je suis tellement, tellement, tellement contente que nous ayons fait ça, Leila !" Megan a enroulé son bras autour de mon cou et m'a attiré plus près. «Nous avions besoin d'une soirée entre filles. Vous savez de quoi nous n'avons pas besoin ? Hommes."

N'est-ce pas la vérité, pensai-je en serrant les poings à mes côtés. J'essayais de garder le cap parce que j'étais passée d'un drame avec mon mari à une participation par inadvertance au concert de mon ex petit-ami. S

mack dab au premier rang, pour démarrer. Frappé par le passé, les images, les sentiments et les souvenirs me traversaient comme la basse qui faisait vibrer tout mon corps.

Comme ce jour-là.

La journée nous avons rencontré.

J'ai secoué la tête et j'ai fait comme si je n'étais pas ébranlé jusqu'au plus profond de moi-même.

Corbin, putain de Wolfe.

Ici.

Juste derrière la scène.

Réaliser enfin ses rêves... avec une chanson qu'il a écrite pour moi.

Cela aurait été doux, voire réconfortant, s'il ne me l'avait pas chanté deux semaines avant de nous quitter.

Les lumières se sont tamisées et la foule s'est déchaînée. Mes yeux tombèrent sur ma main. À mon alliance. Même dans le noir, il brillait. Tranchant la chose dans ma poitrine qui courait d'excitation. Était-ce mal de retenir mon souffle ? Dériver dans le passé, où tout était plus simple et où je n'étais pas Leila Whitmore ? Quand j'étais juste... moi ?

Je connaissais la réponse à cette question, je savais que l'endroit sombre et effrayant dans lequel je me trouvais avec Jacob me rendait nostalgique. Je voulais juste être une fille dans la foule, perdue dans la musique.

Menteur.

Tu veux juste le voir.

Celui qui s'est enfui.

Une note a sonné clairement comme une cloche et le projecteur m'a exaucé mon vœu.

Centre de la scène.

Google m'avait déjà montré que les années avaient été très douces avec lui. Il avait toujours le même physique athlétique, mais il était plus maigre que bodybuilder ces jours-ci. Les débardeurs ont été échangés contre des t-shirts en flanelle et à bande, les shorts de sport contre des jeans déchirés et des mandrins. Il portait des lunettes, une monture en plastique noir, ce qui rendait ses yeux encore plus gris. Plus mystérieux. Et comme je m'en souvenais, il était impossible de le quitter des yeux quand il avait une guitare dans les mains.

Ces yeux regardèrent la foule et j'inspirai brusquement, mon corps se raidissant jusqu'à ce que je me donne une gifle mentale à l'envers de la tête. Je n'étais pas une groupie aux yeux écarquillés. Je n'avais pas dix-huit ans avec le cœur sur la main. C'était juste un gars. Un gars qui se trouvait être mon ex. Un gars qui s'est avéré être le premier à –

« WOOHOO ! »

Le cri de Megan m'a arraché au passé et m'a renvoyé dans le présent.

"Oh mon Dieu", murmurai-je, rougissant et détournant les yeux quand je réalisai que le même cri que Megan avait lâché était captivant - et deux femmes à notre droite suivirent les leurs en montrant leurs seins.

J'ai croisé les yeux de Megan et j'ai rétréci les miens lorsqu'elle a eu une lueur espiègle dans le sien. « N'y pense même pas. Je me suis inscrit pour une nuit d'évasion, pas pour Girls Gone Wild.

Megan a baissé les épaules et j'ai décidé que je lui coupais la parole. J'avais le sentiment qu'elle le regretterait si quelqu'un prenait une photo et qu'elle devenait « cette rousse fougueuse avec laquelle Cade Wallace sort et qui aime montrer des groupes lors des concerts ». Non pas qu'il y ait quelque chose de mal à vous faire du mal puisque les femmes torses nus à côté de nous semblaient passer des moments inoubliables - jusqu'à ce qu'un des gardes de sécurité vienne (et ce n'était pas pour leur donner des laissez-passer pour les coulisses).

La déception de Megan a été de courte durée car le silence s'est abattu sur la foule lorsque Corbin s'est dirigé vers le micro au centre de la scène avec une fanfaronnade que je ne connaissais que trop bien.

Brisant au moins une douzaine de cœurs, il souffla d'une voix rauque : « Est-ce que ce truc est allumé ?

La foule a hurlé à l'unisson affamé, y compris mon meilleur ami.

"Mon Dieu, il est sexy."

J'aurais aimé que tout le bruit autour de nous bloque son commentaire vigoureux. Son commentaire honnête. « Chaud » était un bon début... avec une foule d'autres adjectifs savoureux. Ses cheveux étaient plus longs que dans mon souvenir, des mèches blondes tombant dans ses yeux d'une manière rétro qui me rappelait les magasins de soda, les jupes de caniche et les baisers à l'arrière des voitures classiques. Sa voix était plus riche que dans mes souvenirs, comme celle d'un DJ qui savait exactement ce qu'il faisait, des notes douces circulant sur les ondes, atteignant quelque part au plus profond de moi.

Le petit demi-sourire arrogant qu'il souriait quand quelqu'un criait : « Je t'aime, Corbin » ? C'était suffisamment choquant pour me rappeler pourquoi je me tenais ici et lui là-haut. Il fallait qu'on ait besoin de lui. Adoré. Adoré.

Certaines choses ne changent jamais.

Et juste pour prouver mon point de vue, il s'est officiellement présenté.

"Je m'appelle Corbin Wolfe..."

Il fit une pause, et si vous sortiez de la rue, vous jetiez dans la foule sans savoir qui ou ce que vous alliez voir, cette phrase, ainsi que la pause pour les applaudissements, auraient t'a fait croire que c'était un acte solo. Le spectacle Corbin Wolfe.

"-et nous sommes à propos de nous."

J'ai levé les yeux au ciel. Ses camarades du groupe étaient probablement habitués à cette petite introduction et à partager la scène avec son ego, mais j'aurais juré avoir surpris le batteur lever aussi les yeux au ciel. Juste au moment où j'étais sur le point de l'écarter, oubliant qu'il était réellement talentueux, il a saisi le micro et a chanté des paroles émouvantes qui m'ont donné des frissons.

C'était la deuxième fois que je l'entendais ce soir.

"Il y avait quelque chose dans tes yeux. Avant,

les nuits étaient réservées aux berceuses-"

"Les lumières s'éteignent, nous ne devrions pas, mais nous ne pouvons pas dire non-"

"Attends, tu connais ce groupe?" Megan a crié à côté de moi. « Ils ont diffusé cette chanson à la radio. Mme Jenkins à la réception adore ça à mort !

Je passai une main sur mon visage, laissant ma paume sur ma bouche avant que quoi que ce soit d'autre ne tombe. Juste à temps pour que les lumières éclairent la foule, m'aveuglant alors que Corbin s'approchait du bord de la scène, appelant et répondant avec la foule enthousiaste.

"Leïla?"

Je pensais que c'était Megan, mais j'ai réalisé instantanément que c'était impossible. Cela venait de la scène.

Juste devant moi.

En écho tout autour de moi.

Il n'aurait pas dû me remarquer dans la mer de visages. Pas avec le chapeau, le sweat à capuche et l'air horrifié sur mon visage.

Mais il l'a répété.

"Leila Montgomery, c'est toi ?!"

Merde.

Je n'ai pas réfléchi, je n'ai pas dit un mot, je n'ai fait que bouger... tirant une Megan très confuse derrière moi.

Ses questions montaient comme la houle de la musique. Heureusement pour moi, la musique a noyé la plupart de ses paroles, mais je la connaissais suffisamment bien pour combler les blancs.

"Qu'est-ce que-"

(L'enfer se passe ?!)

"... ce mec ?"

(Comment le sais-tu)

"Je n'ai pas besoin que tu-"

(Traîne-moi vers la sortie. J'ai besoin que tu-)

"-dis-moi ce qui se passe !"

Sa dernière déclaration est apparue haut et fort parce que nous avons atteint la périphérie de la foule, notre perturbation du flux déjà oubliée depuis que le groupe au complet est intervenu et m'a sauvé la mise. Il n'y avait plus que de la musique maintenant. Le moment où Corbin s'écartait du scénario, plissant les yeux dans la lumière comme s'il voyait un fantôme n'était qu'un lointain souvenir alors qu'il chantonnait les paroles de la chanson, donnant à chaque personne son propre show privé.

J'ai continué à avancer, laissant la musique derrière nous. Je nous ai indiqué le petit village hipster qui avait été érigé, rempli de produits dérivés de groupes et de gens vendant leurs produits – et juste assez calme pour que je ne puisse pas éviter ses questions, même si je le voulais. Et à la façon dont elle me regardait, plantant fermement ses pieds sur le sol, arrachant sa main de ma prise et la plaçant sur sa hanche, elle n'allait pas plus loin sans réponses.

J'ai tourné le dos à la musique, j'ai ajusté ma casquette et j'ai essayé de recommencer depuis le début. « Tu te souviens de la fois où nous avons rencontré des étudiants de première année ? »

"...Oui?" Megan a répondu, son expression me disant que je lui donnais plus de questions que de réponses. "Qu'est-ce que ça a à voir avec-"

"Nous sommes restés éveillés tard cette première nuit et tu m'as parlé de Jason et comment il était le premier gars qui t'a fait sentir comme..." Je m'interrompis, ne sachant pas comment décrire cela. sentiment. Quand tu réalises que c'est plus que les papillons. Plus que du désir. Cela ressemblait beaucoup à de l'amour, mais prononcer ce mot, maintenant, après que Jacob m'ait ouvert les yeux sur un tout nouveau monde, me semblait... faux.

Un type aux yeux troubles, portant des dreads blondes et un t-shirt Bob Marley, s'est approché de nous en trébuchant, tenant un joint à la main. « Vous êtes seuls ici ? Tu veux-"

"Non merci," claqua Megan, accrochant mon bras et me tirant devant le groupe de personnes qui se balançaient au rythme de la musique, de la vie et d'autres choses. Nous nous sommes arrêtés à droite de la tente d'eau et, d'après ses yeux d'insecte, j'ai décidé que nous devrions probablement nous hydrater pour qu'elle ne s'évanouisse pas ou ne tombe pas malade.

« Puisque nous sommes déjà là... »

« Je n'ai pas besoin d'eau », m'a-t-elle dit en secouant fermement la tête. "Si ma mémoire est bonne, j'aurai peut-être besoin d'un autre verre si vous êtes sur le point de me dire que le gars sur scène est le gars."

Maintenant, mes yeux étaient exorbités. « Pas le gars. Le gars, c'est Jacob. Mon mari. Le père de mon enfant.

Elle m'a lancé un regard. « Ne sois pas sur la défensive, Lay. Je ne vous accuse de rien et je ne dis pas que vous êtes sur le point de vous enfuir avec le chanteur d'About Us. » Elle inspira et se rapprocha, sa voix un peu plus douce. «Je me souviens de ce jour. C'est comme ça que j'ai su que nous serions les meilleurs amis. C'était la première fois que je disais à haute voix que Jason était un salaud.

Nous avons tous les deux décroché le jackpot avec nos ex dans le département des déceptions écrasantes. Son ex ? Il avait du mal à garder sa bite dans son pantalon. Et d'une manière ou d'une autre, il a trouvé un moyen de blâmer Megan pour son infidélité. Elle était tout simplement trop parfaite. Il ne la méritait pas... alors il l'a saboté en couchant avec d'autres femmes.

Le mien? Il était destiné à la grandeur... et les grands hommes ne s'engagent pas.

Les yeux verts de Megan s'écarquillèrent, perdus dans les souvenirs. Enfermée dans sa propre marche inconfortable dans Memory Lane.

Elle porta sa main à sa bouche, comme si elle s'arrêtait en hurlant sur ladite voie, ses yeux s'écarquillant alors qu'elle assemblait enfin tous les morceaux.

"Attends... le gars sur scène, c'est le mec ?! Le premier gars que tu as... »

Elle haussa ses sourcils cramoisis et fit un cercle avec son pouce et son index puis...

« Megan ! J'ai sifflé, lui frappant les mains et regardant autour de nous, comme s'il y avait une enseigne au néon au-dessus de nos têtes, détaillant toute l'affaire.

Dans des circonstances normales, elle aurait probablement levé les yeux au ciel et m'aurait rappelé que nous étions en 2017 et que faire l'amour avec quelqu'un n'était plus quelque chose dont on discutait à voix basse, mais nous étions entourés de gens habillés de tout, des coiffes aux t-shirts de groupe, criant. et des cris et des balancements. Nous avions dépassé la « normale » lorsque j'ai réalisé que mon ex était une sorte de rock star... et j'ai juste annoncé au monde entier que nous nous connaissions.

"Mais il a juste..." s'interrompit-elle, sans prendre la peine de mimer à quel point j'étais foutue. Un seul doigt lui traversant la gorge n'était pas nécessaire.

La soirée entre filles était terminée.

CHAPITRE 2

Accueil.

Le seul mot suffisait à me faire soupirer de soulagement. La maison était littéralement là où se trouvait mon cœur. Où Hope m'attendait. Où était mon mari. L'endroit où je pouvais retirer mon soutien-gorge et dire et faire ce que je voulais sans craindre qu'un paparazzi prenne une photo peu flatteuse, ou que je dise quelque chose qui se retrouverait dans les tabloïds. Partout ailleurs, je devais être présent. La publiciste, qui n'était jamais en congé, ne pouvait jamais faire preuve de faiblesse sans risquer de perdre le respect de ses clients et de ses collègues. Dès que je me garais sur le parking ou franchissais les portes tournantes de notre immeuble, je pouvais juste être moi-même. Et c'était suffisant. Plus qu'assez.

Ce soir, j'ai bougé comme si je n'étais pas pressé du tout. Compter chaque pas parce que je n'arrivais pas à suivre le rythme du cœur qui tonnait dans ma poitrine. Je préfère compter chaque grain de sable qui semble courir dans mes veines, ancrant mes pieds au sol. J'ai raté plusieurs rotations de la porte tournante, attirant l'œil d'une enfant qui me regardait, la tête penchée sur le côté alors qu'elle traversait à vélo. Elle m'a même proposé de m'aider, de le tenir pour que je puisse monter dedans, mais je lui ai juste souri et j'ai continué.

J'ai fait un signe de tête à l'agent de sécurité au bureau, un nouvel employé qui s'est levé comme si j'étais un VIP et il était sur le point d'être réprimandé.

« M-Madame. Whitmore-

« Passez une bonne journée ! » Ma voix était comme un désordre grinçant qui nous fit tous les deux grincer des dents. Il se rassit sur sa chaise, probablement en se disant mentalement qu'il devrait éviter la folle dame Whitmore.

Je me suis dirigé droit vers l'ascenseur, reconnaissant de ne pas avoir de compagnie. J'ai glissé la carte d'accès pour accéder aux étages supérieurs, puis j'ai pris mon temps pour taper le code d'accès du nôtre.

J'ai retiré ma casquette et j'ai ébouriffé mes boucles. Jacob a toujours dit qu'il aimait mes cheveux en désordre et si le reflet dans le chrome était une indication, je mets cela à un T. Il m'est soudain apparu logique que Jacob attende jusqu'à ce qu'il soit sûr que je dormais. Je me suis retrouvé à espérer la même chose, que Hope l'épuiserait et qu'ils seraient tous les deux dehors. Cela me donnerait un peu plus de temps pour trouver un moyen d'annoncer en douceur que mon ex petit-ami, dont je n'ai jamais parlé parce que j'espérais ne plus jamais avoir à penser à lui, était en ville.

Naturellement, l'ascenseur est arrivé jusqu'à notre appartement en un temps record.

Le carillon que j'adorais parce qu'il annonçait que Jacob était à la maison m'a valu un regard noir alors que je sortais de l'ascenseur sur la pointe des pieds. Aucune musique adaptée aux enfants ne flottait dans le couloir pour me rencontrer. Les cris de Hope étaient inaudibles. Le volume de la télé n'était pas discret parce que Hope faisait une sieste.

J'avais encore les doigts croisés en tournant au coin... et j'ai vu les deux amours de ma vie recroquevillés sur le canapé.

Tout le reste dans le monde entier s'est arrêté. Il n'y avait pas d'avions dans le ciel, pas de voitures en dessous, filant dans les rues sous nos pieds. Il n'y avait personne qui se précipitait, envoyant des SMS, vivant, aimant. La seule chose qui existait et qui comptait pour moi se trouvait dans cette pièce. Jacob, enveloppé dans un t-shirt blanc et un pantalon en coton. Hope, dans son propre t-shirt blanc, avec des personnages de dessins animés jouant une scène semblable à celle du livre qui était perchée sur le pouf devant eux.

Je me suis rapproché, mes pieds chuchotant sur le sol. Des chuchotements tourbillonnaient dans mon esprit, disant à quel point j'aurais aimé avoir mon appareil photo, à quel point j'avais de la chance, à quel point ils étaient parfaits tous les deux. Même cela s'est calmé lorsque je m'attardais près du canapé. J'ai respiré le moment. Le visage parfait de Jacob, reflété dans celui de Hope. La montée et la descente de leur poitrine.

Peut-être devriez-vous arrêter de tenter le destin et consacrer quelques minutes supplémentaires à vous ressaisir.

Détestant ne pas y être encore empêtré, en savourant ce coin de paradis, j'ai fait un petit pas en arrière.

Le parquet soupira et je retins mon souffle, espérant ne pas les réveiller.

De qui tu te moques ? Vous ne voulez pas le réveiller. Pas avant d'avoir un plan d'action concernant l'affaire Corbin.

J'ai attendu cinq bonnes secondes avant de tourner les talons, disant une prière silencieuse à cet effet. S'il vous plaît, ne le laissez pas bouger, réveillez Hope, levez les yeux pour rencontrer les miens et lancez-moi un regard qui me rappelle que réveiller mon mari de sa sieste était le moindre de mes soucis.

Quelqu'un d'important a dû m'écouter car j'ai atteint les escaliers sans qu'aucun d'eux ne fasse un bruit, à part les ronflements de Hope. Je ne comprenais toujours pas comment les sons les plus mignons et les plus forts pouvaient provenir d'une si petite chose.

La montée de l'escalier flottant s'est déroulée en douceur, s'arrêtant juste assez longtemps pour prendre une tétine. J'ai laissé tomber le bibelot sur la table de nuit et j'ai décollé mon badge avec un air moqueur, le recouvrant rapidement avec mes vêtements. J'aurais aimé qu'il soit aussi simple d'effacer les événements de la soirée. Pour revenir en arrière et convaincre Megan que nous restons à l'intérieur. Revenons au moment où les yeux de Corbin m'ont trouvé dans la foule et ont prononcé mon nom. Cette fois, au lieu de le regarder bouche bée comme un cerf dans les phares, je lui ferais la seule chose que je n'ai pas eu le courage de faire la dernière fois que nous nous sommes vus : mon majeur.

J'ai emmené le défilé de regrets jusqu'à la salle de bain, roulant le cou en évitant le miroir. Tout ce qui est réfléchissant. Cela me rappellerait simplement que j'étais en plein milieu d'une énigme. Jacob et moi nous disputions parce que je l'accusais de me tromper... et je me suis enfui d'un concert parce que mon ex ouvrait le spectacle.

Dites-lui simplement, me résonnait dans la tête, mais ce n'était pas comme si je pouvais simplement dire : « Alors, le chanteur d'About Us ? C'est mon ex et nous en resterions là. Si Jacob venait me raconter cette histoire, ce serait le début, même maintenant. Il suivrait rapidement mon aveu avec une série d'autres questions.

Saviez-vous qu'il venait en ville ?

À quand remonte la dernière fois que vous avez été ensemble ?

Ce qui s'est passé?

Et tout cela ne serait pas comparable à la question qu'il ne posait pas à voix haute, la question qui brûlerait dans ses yeux d'un bleu profond.

Ce n'est pas qu'un ex, n'est-ce pas ?

Je suis entré dans la douche et j'ai fermé la porte vitrée derrière moi, comme si je fermais le reste du monde à l'extérieur. J'appuie sur le bouton pause assez longtemps pour prendre une douche et me remettre la tête droite. Les souvenirs, hier et aujourd'hui, me frappaient comme l'eau martelait ma chair. Vague après vague de photos de moi, jeune et naïve. Jeune, naïf et

... « Amoureux ? Dis-je à voix haute. Trempé dans toute l'incrédulité que je pouvais mettre dans ces deux mots. Je ne savais même pas ce que signifiait ce mot à l'époque. Je commençais tout juste, j'explorais le monde. Un mec sexy, musclé et tatoué qui débarque comme Superman pour sauver la situation ? Je n'avais aucune chance.

Mais ça? Où j'étais, physiquement et émotionnellement, même avec tout le drame et la distance avec Jacob ? C'était réel. C'était de l'amour.

Corbin n'était qu'une indiscrétion de jeunesse. Un nid-de-poule sur la route vers quelque chose de significatif.

Je me suis mis sous le jet d'eau, la mousse du shampoing emportant ma journée. Effacer mes soucis.

Je savais quoi dire et plus je mettais d'énergie derrière ce truc, plus je lui donnais de puissance. C'était un ex, rien de plus. Tout le reste n'avait aucune importance.

Il n'était pas pertinent.

Si c'est vrai, pourquoi ne parvenez-vous pas à vous débarrasser de la douleur au creux de votre estomac ? Pourquoi as-tu l'impression que c'est toi qui garde des secrets ?

J'ai saisi le bouton, prêt à décharger ce poids avant qu'il ne nous fasse tomber tous les deux. Crachez mes peurs et fléchissez les poings. Je les laisserais se reposer et penser au dîner. Entre l'entrée et le dessert, je partageais simplement que j'avais croisé quelqu'un que je connaissais. Pas grave. Pas besoin de s'alarmer. Pas besoin de donner à Corbin Wolfe ou au passé une emprise ou un pouvoir sur moi.

"Ça te dérange si je te rejoins?"

J'ai cligné des yeux à travers l'eau, Jacob debout dans l'embrasure de la porte, ne portant rien d'autre qu'une peau dorée et une expression remplie de remords.

Mon corps était vivant de sa présence, les pores picotant comme des fleurs caressées par le soleil. L'excitation irradiait entre mes cuisses, caillait mes mamelons alors que Jacob se rapprochait.

J'ai presque tout oublié. L'argument. Corbin.

Presque.

J'ai passé une main sur mon visage et j'ai tiré les côtés de ma bouche aussi loin que possible. Je voulais parler et en finir avec ça. Je pouvais presque entendre la voix de ma mère au fond de mon esprit, une source de sagesse, généralement lorsque je n'en étais pas d'humeur.

Demandez et vous recevrez.

"Entrez," dis-je avec un mouvement de sourcil. En espérant que je serais toujours d'humeur enjouée une fois l'eau arrêtée. "L'eau est bonne."

SI VOUS L'AVEZ MOI DEMANDÉ il y a quelques heures, moi, Jacob et la nudité auraient été exactement ce que le médecin avait ordonné. Sans oublier que nous étions tous les deux nus et mouillés était un geste stratégique de ma part. Il était impossible d'être en colère lorsque nous portions nos costumes d'anniversaire.

Impossible de faire autre chose que de profiter au maximum de notre état de nudité.

Malheureusement, même la vue de mon mari nu alors que la journée est très longue n'a pas suffi à me plonger tête première dans ce qui devait être fait. Je me suis traîné sur le côté, croisant mes mains sur ma poitrine avant de les laisser tomber parce que j'avais l'air ridicule.

"Alors, euh, où est Hope ?"

Il entra dans la douche comme un soldat marchant au combat. Sa mission ? Pour me tuer avec le sien...

J'ai baissé les yeux et j'ai vu que son corps n'était pas la seule chose qui était dure comme de la pierre. Lorsque mes yeux se relevèrent, je m'attendais à voir une trace de malice dans le bleu. Au lieu de cela, j'ai retrouvé le look non affecté d'un joueur de poker chevronné. Le regard de quelqu'un qui faisait juste ce qui lui paraissait naturel.

Et c'était naturel. Ce n'était pas la première fois que nous prenions une douche ensemble. La première fois, nous avions été tous lisses, mouillés et durs dans cette chambre de marbre et de chrome. Mais je n'ai pas pu m'empêcher de lui passer maladroitement un luffa, comme si nous étions deux inconnus qui avaient accidentellement programmé une douche en même temps.

C'était le combat.

C'était Corbin.

J'aurais aimé être capable de mettre tout cela en veilleuse et de replonger dans la délicieuse méchanceté qu'était Jacob, mais j'étais tout à fait indifférent. J'avais besoin qu'il me dise que tout irait bien avant de larguer une autre bombe.

Il fit un signe de tête en direction du comptoir, l'un des moniteurs étant perché à portée de vue. J'ai passé une main sur la vitre et j'ai vu que Hope était blottie dans son berceau.

Lorsqu'il est entré dans la douche, la panique m'a saisi la poitrine et j'ai souhaité que cela ne colle pas. Qu'elle relèverait sa tête marron miel et laisserait échapper un gémissement et une série de babillages de bébé pour nous alerter que l'heure de la sieste était terminée... et je n'aurais pas à regarder dans les yeux de son père, des yeux qui me disaient qu'il l'était.

prêt à parler et à mettre tout cela derrière nous – juste avant de partager que j'ai croisé Corbin.

Je me suis écarté, même s'il y avait beaucoup de place pour nous deux et plusieurs autres personnes. Mentalement, j'avais l'impression que nous n'étions pas seuls de toute façon. Il y avait Megan, essayant de jouer l'avocat du diable après notre départ du concert. S'il ne signifie rien pour vous maintenant, vous n'êtes peut-être pas obligé techniquement de dire que vous l'avez vu. Même si j'étais un grand fan de faire comme si les deux dernières heures ne s'étaient jamais produites, comment pourrais-je avaler l'hypocrisie ? Toute notre dispute avant tout cela était enracinée dans ma conviction que je n'obtenais pas toute l'histoire de Jacob. Je n'avais aucun moyen de faire disparaître Corbin Wolfe. Je ne le ferais pas.

La voix de ma mère résonnait aussi dans ma tête, un autre vote pour la minimisation. Elle était loin d'être impartiale, puisque c'était elle qui devait faire face à Leila maussade et au cœur brisé. Cet été, avant que j'aille à l'université, a probablement été l'été le plus long de sa vie : d'abord, elle a dû supporter ce type alpha qui passait toutes ses heures d'éveil chez nous, puis un mois pendant lequel j'essayais de me remettre sur pied quand il a plongé. est sortie de ma vie aussi vite qu'il est entré.

Elle m'a dit d'oublier Corbin. Qu'il n'y avait rien à dire, parce que c'était lui le connard qui s'en était allé.

Le connard qui ne connaissait même pas mon nom.

"Laissez-moi."

Si la voix de Jacob ne suffisait pas à me sortir de la tête, ses doigts glissant sur mes bras, ses paumes posées sur mes épaules emportaient tout le reste. Tous les doutes.

Il était là.

J'étais ici.

C'est ce qui séparait tout ce qui existait avant de tout ce dont j'avais la chance maintenant.

J'ai respiré la vapeur, l'odeur du clou de girofle, de la cannelle et de la vanille. Les fibres soyeuses et lisses qui effleuraient ma peau pendant que

Jacob me caressait avec le luffa. Ses doigts ont tracé sa descente, le long de ma colonne vertébrale. Sur la courbe de mes fesses avant que le luffa ne soit complètement oublié et qu'il me saisisse les hanches à deux mains.

Jacob m'avait saisi plus de fois que je ne m'en souvenais. En passion. Tremblant, comme s'il avait du mal à tenir le coup. Avec amour, comme s'il voulait juste garder en mémoire ce que je ressentais.

Maintenant, c'était différent. Il m'a tenu comme s'il voulait me rappeler qu'il n'allait nulle part. Comme s'il voulait me rappeler que j'étais à lui et qu'il était à moi... point final.

J'ai amené mes mains pour couvrir les siennes, mon cœur un « Je t'aime » qui s'envolait de ma poitrine.

Il a passé un bras autour de moi, m'attirant vers lui. Me laissant sentir la dureté de son corps. La sincérité dans sa voix.

"Je suis désolé bébé. J'ai juste... »

Je me retournai pour lui faire face, lui passant mes bras autour du cou. Il a attiré sa bouche vers la mienne. Laissons nos lèvres dire les mots que notre cœur a criés.

Je suis désolé.

J'ai foiré.

Je t'aime.

Je ne vais nulle part.

J'étais le premier à m'éloigner, la dernière phrase brûlant sur ma langue. Rayonnant dans mon cœur.

Si nous pouvions survivre à tous les bouleversements que le destin nous a lancés, nous survivrions à une explosion de mon passé. Et plus je gardais les lèvres fermées, plus j'alimentais ce non-problème. Je n'avais vraiment pas d'autre choix : je pouvais lui parler de Corbin et lui expliquer qu'il était mon passé et que Jacob et Hope étaient mon avenir... ou je pouvais attendre que quelque chose apparaisse en ligne et faire comme si cela m'avait échappé.

Mais j'avais fini de faire semblant.

Faire semblant, c'était ce que je faisais avant. Faire comme si les nuits tardives, le fait de se voir à peine et les voyages d'affaires ne me dérangeaient pas. Que les vergetures ne me dérangeaient pas. Que je n'étais pas tout le temps fatiguée, que j'étais une sorte de superwoman qui n'avait besoin de rien ni de personne et qui pouvait tout gérer toute seule.

Mais j'avais besoin de Jacob.

J'avais besoin de lui d'une manière qui me disait qu'il n'y aurait, qu'il ne pourrait y avoir personne d'autre.

Lui parler de Corbin serait douloureux... alors nous le découvririons et affronterions le monde ensemble.

J'ai fait un pas en arrière, l'eau débordant sur mes épaules alors que je regardais l'abîme bleu.

"Je suis désolé aussi," commençai-je. Je le répéterais un million de fois, autant de fois que nécessaire. J'ai attrapé sa main et je l'ai portée à mes lèvres. Il lui a embrassé les jointures. « Tu es la meilleure chose qui me soit jamais arrivée, Jacob. C'est tout ce qui compte, la seule chose à laquelle j'aurais dû m'accrocher.

Je grimaçai intérieurement à mon choix de mots, m'attendant à le voir reconstruire le mur entre nous de mes propres yeux. Admettant que j'ai choisi la porte numéro un plutôt que la porte numéro deux, que j'ai choisi de croire au pire au lieu de croire que notre amour pourrait suffire à briser cette trêve délicate.

Au lieu de cela, il s'est contenté de me caresser la main, l'eau tachetant sa peau dorée. Brumisant sa chair alors qu'il me faisait un sourire narquois. "Ne t'inquiète pas, j'ai réfléchi à toutes sortes de façons créatives de te punir."

Cela a fait danser mon cœur d'excitation. Peut-être qu'il pourrait me faire pencher sur le banc. Épinglez-moi contre le mur et taquinez-moi avec ses doigts. Avec sa bouche. Fais-moi implorer la partie de lui qui avait déjà laissé le passé derrière lui.

J'ai gardé la tête froide et j'ai maîtrisé mon soumis. Ma faim. J'ai plissé mon regard sur son visage.

"Maintenez cette pensée. J'ai quelque chose à te dire." Je me suis à peine arrêté assez longtemps pour entamer ma propre confession. "Alors, tu connais le concert..."

"Mmhm," acquiesça Jacob, manquant tout de moi de ne pas essayer de me distraire. Il a atteint mes seins, massant les monticules. Effleurant les mamelons avec son pouce. Envoi de plaisir parcourant mon corps pour atténuer les affres de la culpabilité. D'appréhension. «Je ne t'attendais pas avant quelques heures. Un groupe nul ?

C'est un chanteur nul, pensai-je d'un air maussade. Mais même cela n'était pas vrai. Corbin avait toujours été talentueux et les années n'avaient fait qu'affiner sa voix riche en miel. Il lui a donné une présence sur scène que même un ex salé ne pouvait ignorer.

"En fait, euh..." Mon explication resta coincée dans ma gorge et je passai ma main sur mes mèches mouillées, passant le bout de mes doigts dans les extrémités bouclées. « Le groupe était plutôt bon. Et je connais le chanteur principal.

"Oh?" » réfléchit Jacob, plus préoccupé par la courbure de mes seins que par les mots qui sortaient de ma bouche.

"Ouais, nous sortions ensemble."

Jacob m'a relâché, mes paroles résonnant haut et fort. Son contact m'a abandonné, comme si un choc électrique avait été envoyé à travers son corps. La vapeur masquait la majeure partie de son visage, mais ses yeux bleu ciel brillaient d'émotion.

Pour la première fois, Jacob Whitmore s'est répété volontairement.

"Oh."

CHAPITRE 3

« Commencez depuis le début. »

Jacob n'utilisait pas sa voix Dom. Les flammes de désir qu'il a allumées sous la douche se sont éteintes dès que j'ai partagé que Corbin et moi avions une histoire. Les yeux de Jacob avaient cessé de clignoter, donc c'était une bonne chose. Ce qui n'était pas si bon, c'était le fait que la douche de notre couple était terminée et que Jacob se tenait dans notre chambre, trempé, sans intention de se sécher ou de faire quoi que ce soit jusqu'à ce que je lui parle du concert. Tout sur Corbin.

J'ai frissonné en attrapant la serviette qui était drapée sur le crochet, puis je me suis souvenu du moniteur. Je suis retourné dans la salle de bain, tenant l'appareil dans mes mains, m'assurant que Hope dormait toujours. J'espérais secrètement la voir faire son roly poly, sur le point de nous faire l'honneur d'un ou deux gémissements.

Pas de chance.

Papa l'avait épuisée mais tant mieux.

Jacob s'éclaircit la gorge, juste assez fort pour que je sache qu'il attendait... et qu'il n'était pas un homme patient dans des circonstances normales. Considérant que je venais de partager que j'avais assisté au concert de mon ex et un peu plus, Jacob était sur E dans le service patience.

J'ai glissé le moniteur dans le creux de mon bras, séchant mes cheveux avec un soupir. « Que faisiez-vous avec Hope pendant mon absence ? Bébé Crossfit ?

"Poser."

Ce n'était qu'un mot, mais il couvait. Il couvait, même dégoulinant, essayant de faire comme s'il n'était pas aussi ennuyé qu'il l'était. Je le connaissais trop bien et notre dernière dispute était encore trop vive pour que je l'accepte.

J'ai arrêté de gagner du temps et j'ai posé le moniteur sur la table de chevet. J'ai enroulé ma serviette autour de mon corps, enlevant les boucles mouillées de mes yeux. "Le début. Eh bien, Megan était mon rendez-vous puisque tu ne te sentais pas à la hauteur. Je n'avais pas vraiment le droit d'insuffler une quelconque contrariété résiduelle dans mes propos, mais je ne pouvais pas m'en empêcher. Il aurait dû être là. S'il l'avait été, dès que Corbin a regardé dans ma direction, j'aurais pu jeter le bras de Jacob et moi en l'air et dire à mon ex, et au monde entier, que c'était à cela que ressemblait le véritable amour.

Puisque le sourcil sombre de Jacob était arqué, me disant qu'il n'appréciait pas que je commence l'histoire en le taquinant, j'ai laissé tomber. « Pour être honnête, je n'étais pas vraiment d'humeur à le faire... »

« Je ne veux pas commencer depuis le début et raconter les événements de ce soir », l'interrompit-il, arrêtant mon récapitulatif. Toujours là, dégoulinant, musclé, comme s'il venait de faire des longueurs dans une piscine et qu'il avait à peine transpiré. La position de sa mâchoire m'a dit qu'il ne faisait que commencer. "Je veux que tu me parles de ton ex."

Je laisse échapper un rire inconfortable. "Il ne veut rien dire."

Sans un mot, Jacob tourna les talons et se dirigea vers son côté du lit. Il a arraché son téléphone de la borne de recharge. Il tenait l'écran à quelques centimètres de son visage, le scrutant comme un scientifique analysait un spécimen au microscope. "Drôle", grogna-t-il. « Aucun message de ta part pour me faire savoir que tu étais sur le chemin du retour. Ou une causalité, au fait ! tu ne devineras jamais qui je viens de voir. Un gars avec qui je sortais a ouvert le spectacle, ha!.

J'ai regardé le sol, les orteils qui correspondaient à la chaleur de mes joues. Il avait raison. À quand remonte la dernière fois que je me suis présenté à la maison sans lui dire que j'étais en route ?

« Et je pensais que tu avançais sur la pointe des pieds parce que tu ne voulais pas nous réveiller... »

« C'est pour ça », ai-je insisté obstinément. Ignorant le fait qu'il me connaissait, tout comme je le connaissais. Quand je les ai vus pour la première fois, j'étais enfermé dans l'instant présent, ne voulant pas les déranger, puis je me suis rappelé que j'avais de lourdes nouvelles à partager et j'ai décidé de retarder l'inévitable le plus longtemps possible... en étant aussi silencieux que possible. "Ce n'est pas la seule raison", ai-je fait marche arrière. « Mais tu as raison. C'est une des raisons. »

"Et l'autre?" » insista-t-il. Il n'allait pas laisser tomber ça et tout le symbolisme autour de nous ne m'échappait pas. Le lit entre nous. La colère monte dans sa voix. J'ai été surpris de ne pas voir de vapeur s'échapper de lui. "Pour quelqu'un qui exige de moi une transparence et une honnêteté totales et implacables, à tout moment, à chaque instant, vous semblez avoir du mal à partager quand c'est à votre tour de dire la vérité."

J'ai tremblé comme s'il m'avait frappé. Un pas en avant et deux pas en arrière. Je savais que même si nous avions conclu une trêve, réparé notre dispute précédente, les répercussions de celle-ci nous submergeaient toujours tous les deux. C'est devenu beaucoup trop facile à accumuler, transformez cette nouvelle situation difficile en une autre occasion de nous rappeler que nous n'étions pas parfaits. Que nous pourrions tous les deux faire plus pour nous accorder mutuellement le bénéfice du doute. Soyez plus doux les uns avec les autres.

J'ai pris une profonde inspiration et j'ai essayé de ne pas me mettre sur la défensive. Il essaya d'entendre la vérité sous la douleur qui bordait ses paroles. Il voulait juste que je lui dise que je l'aimais. Qu'il n'y avait personne d'autre.

J'ai ouvert la bouche pour dire exactement cela, mais il n'avait pas fini.

"Si cela était inversé, au moins vos accusations de tricherie auraient un sens."

"Ce n'est pas vraiment juste", ai-je répliqué, les narines dilatées. Ma vision s'est brouillée lorsque j'ai croisé son regard de face. Je m'attendais à ne trouver aucune pitié, puis j'ai réalisé que je n'étais pas vraiment juste. Les couples se disputaient. Des boutons ont été poussés. On a marché sur les orteils. Je savais que je ne pourrais pas simplement lui dire que

Corbin existait et que nous resterions bouche bée. Il avait des questions, tout comme j'aurais des questions s'il était allé au concert et que c'était un de ses ex qui prenait le micro. J'ai fait un regard d'insecte et j'ai appelé son nom.

Mais quelque chose a changé chez Jacob quand il m'a vu. Il jeta son téléphone de côté, les lignes de bataille qui transformaient son beau visage en quelque chose de féroce et qu'il ne fallait pas prendre à la légère pour l'adoucir. Il attrapa la serviette qui était sur le lit et se sécha, ses yeux perdus vers moi, mais sa voix m'entourait. M'a dit que tout irait bien.

"Tu as raison. Je suis désolé. Je sais que je ne fais probablement pas en sorte qu'il soit très facile de venir me voir à propos de certaines choses. Et étant donné que nous nous parlions à peine, il est absurde de ma part de suggérer que vous m'envoyiez simplement un texto comme si tout s'était bien passé dans la maison Whitmore.

À un moment donné, j'avais croisé les bras contre ma poitrine. Tout aussi défensif, je dessine mes propres lignes de bataille. J'ai relâché mes bras sur le côté. « Ce n'est pas comme si aucun de nous n'avait de feuille de route pour cette chose. La seule chose qui compte, que j'essaie de me laisser guider, c'est que je t'aime. Et je sais que tu m'aimes.

Il aurait facilement pu se moquer. Laissez échapper un grognement pour me rappeler que si cela avait été une procédure opérationnelle standard depuis le début, peut-être que notre dernière petite confrontation aurait pu être complètement évitée. Il n'a fait ni l'un ni l'autre. Et il ne m'a pas mis le nez dedans. En fait, il a fait la dernière chose à laquelle je m'attendais. Il s'étendit sur le lit et tapota l'espace à côté de lui. J'ai grimpé sur le lit pour le rejoindre, sans me soucier du fait que ma serviette se détachait. Je suis reconnaissant que ce soit le cas lorsque son regard s'est égaré, puis est revenu sur mon visage, un sourire narquois pinçant ses lèvres.

Il posa son menton sur sa paume. « Au lieu de vous interroger, je veux que vous sachiez que vous ne pouvez pas dire grand-chose qui puisse m'énerver. Je n'ai pas peur qu'un type prenne ce qui m'appartient.

Et tu es à moi, Leila. Il fit une pause, laissant cela pénétrer. Il s'attendait probablement à ce que je lève les yeux au ciel, agacé par le ton alpha de sa déclaration. Il se frappait presque la poitrine et disait : « Moi, Jacob, toi, Leila ».

J'ai passé le bout de mes doigts dans ses mèches brunes, souriant parce que je trouvais ça doux. Chaud comme de la merde, si j'étais complètement honnête. Et Dom ou pas, je savais que mon mari n'essayait pas de me subjuguer, de me coller un collier pour que le monde sache que j'étais sa propriété. J'étais à lui au sens spirituel du terme. Nos âmes liées ensemble. Comme toutes les autres personnes qui l'ont précédé, ce n'était qu'un simple entraînement pour la réalité.

"C'est le genre de conversation que je voulais avoir l'autre jour", plaisantai-je en me mettant à l'aise. J'essaie d'insuffler un peu d'humour avant de nous aventurer dans un territoire peu drôle.

Il se pencha et effleura ses lèvres des miennes. « Alors faisons ce que nous aurions dû faire. Parlons-nous. Le nerf de son front tictait, un rappel physique que même s'il s'élevait au-dessus du soleil et du partage (je suppose que son thérapeute déteignait enfin sur lui), nous étions toujours humains. "Alors, qui est cet imbécile qui avait à ses côtés la femme la plus étonnante qui soit et qui l'a rejetée ?"

CORBIN LOUP.

Même prononcer son nom à voix haute, c'était comme si je me dirigeais vers un coin éloigné de mon placard. Dépoussiérer un vieux livre. Rassembler des bibelots, obligé de me rappeler pourquoi j'avais gardé ce vieux truc à portée de main en premier lieu.

La dernière fois que j'avais pointé une lampe de poche sur cette partie inconfortable de mon passé, j'avais pleuré pendant deux heures d'affilée. Je voulais simplement hausser les épaules et tout donner – le passé, lui, cette fille faible et au cœur brisé qui ne pensait pas pouvoir faire mieux – et simplement le rayer du disque.

Mais si je ne pouvais pas simplement lui parler de Corbin, n'étais-je pas en train de mentir sur le peu qu'il comptait ? Si je ne pouvais pas parler à mon mari de mon connard d'ex, du fait que j'étais tellement fini, alors comment pourrais-je vraiment lui fermer la porte au nez ? Comment pourrais-je m'attendre à ce qu'il vienne à moi si je ne pouvais pas venir à lui ?

Je me suis rapproché un peu, mon corps blotti contre Jacob. Son bras m'entoura. Le shampoing, le savon et son odeur masculine de pin ont rempli mes narines. «Nous nous sommes rencontrés quelques jours après l'obtention de notre diplôme», ai-je commencé. "J'étais pressé et je rentrais chez moi sans faire attention et j'ai désossé cette voiture."

Le bras de Jacob se resserra, comme s'il essayait de me protéger. Comme s'il souhaitait pouvoir remonter le temps et m'épargner un iota de douleur.

Je blottis son bras. «C'était totalement de ma faute et j'étais dans cet état de choc après que cela se soit produit. Avec l'airbag sur mes genoux et le gars que j'ai frappé juste devant ma fenêtre, me traitant de tout sauf d'enfant de Dieu.

Jacob me caressait les cheveux et ses doigts se resserrèrent. Il aurait probablement serré le poing s'il n'avait pas eu peur que sa réaction à mon histoire me dissuade de partager davantage.

Il ne m'a pas échappé que lui et Corbin ont eu la même réaction envers cet homme. Tous deux prêts à casser des têtes au nom de ma protection.

J'ai chassé cette pensée et j'ai continué. Je voulais tout sortir. Finissons-en avec ça pour que nous puissions continuer notre soirée.

« Corbin est venu nous voir et a vu ce qui se passait. J'ai réalisé que l'autre mec me menaçait. Il... » Je m'interrompis avec un haussement d'épaules. "Je suppose qu'il a sauvé la situation."

Je m'attendais à une sorte de réponse physique de la part de Jacob. Un tic. Un grognement. Même s'il s'éloignait, tout alpha et incapable de laisser un autre homme devenir mon héros.

Il n'a pas bougé.

Il attendait juste que je continue.

J'ai levé les yeux vers le plafond. Au niveau de la moulure. Je pouvais presque voir toute la scène, comme si les souvenirs étaient projetés en couleurs vivantes.

« Nous sommes sortis ensemble pendant presque deux mois avant qu'il ne me dise qu'il ne croyait pas à la monogamie. Qu'il était destiné à la grandeur et qu'une relation ne serait qu'une distraction.

Ce n'était pas un film. C'était moi sur l'écran, avec l'impression que mon cœur était divisé en deux. Comme s'il m'utilisait comme source d'inspiration, pour des chansons stupides qu'il chantait dans les cafés, trouvant d'autres filles stupides comme moi qui tomberaient amoureuses de lui. Des filles qu'il mettrait de côté pour sa prochaine conquête.

Tout le ressentiment enfoui, la douleur que j'avais enfermée et enfouie aussi profondément et aussi loin que possible sont revenus à la surface. Je n'ai pas pleuré, j'avais déjà gaspillé trop de larmes pour cet homme. L'homme qui était à mes côtés, qui brûlait d'une colère qui lui était propre, valait tout.

Il était tout pour moi.

"Je dirais l'évidence, c'est un putain de connard qui ne te mérite pas et ne te mérite pas, mais je pense que tu le sais." Jacob a pris un moment, levant mon menton pour que je puisse le voir. Voyez l'amour qui rayonne de lui. La sécurité. L'éternité qui était dans ses bras. "Il a merdé."

C'était suffisant pour me faire sourire. "Carrément raison."

La colère de Jacob diminua, remplacée par un rare sourire franc alors qu'il retirait mes boucles de mes yeux et laissait ses doigts s'attarder sur mon cou. «Je suppose que l'amour fonctionne de manière mystérieuse. Si ce connard n'avait pas raté sa chance, peut-être que nos chemins ne se seraient jamais croisés. Vous ne m'auriez pas percuté dans le hall de Whitmore et Creighton... »

« Hé ! Je lui ai donné un coup de coude ludique. « Je pense que vous réécrivez l'histoire, M. Whitmore. Si ma mémoire est bonne, je m'occupais justement de mes affaires lorsqu'un milliardaire impoli s'est écrasé sur moi. Je lui ai montré toutes les dents de ma bouche. "Ensuite, il a eu le culot de m'agresser dans la cage d'escalier."

"Molester ?" Il haletait. "Si je me souviens bien, il a fait quelque chose comme..." Il n'a pas fini ses mots, il a utilisé ses mains. Il s'est frayé un chemin par-dessus mes épaules. J'ai arrondi ma hanche. Il a gardé ses yeux sur moi, me mettant au défi de l'arrêter, comme il l'avait fait ce jour-là.

Je n'ai pas dit un mot.

Nous avons mis le passé de côté alors que sa main balayait mon abdomen. Il m'avait taquiné les seins sous la douche, mais il avait d'autres projets. D'autres destinations en tête.

Sa paume agrippa mon endroit secret, ses doigts si près de ma fente que je faillis l'aider, ajusté pour qu'il s'enfonce en moi.

"Jacob..." murmurai-je chaleureusement, mon corps luisant de besoin. La simple pensée de lui suffisait à donner vie à mon cœur pour mon Dom.

Mon mari.

Le mien.

Il se pencha, la bouche au-dessus de la mienne alors que ses doigts me taquinaient. Il m'a caressé l'ouverture comme un musicien grattant les cordes de son instrument. Faire de la musique avec la moindre touche.

Les doigts de Jacob s'enfoncèrent à l'intérieur, tourbillonnant dans ma chaleur. Faire en sorte que toutes les questions auxquelles je pensais devoir répondre deviennent noires. Qui était ce Corbin ? Pourquoi est-il important ? Est-ce vraiment une coïncidence si votre ex a joué dans le groupe lors d'un concert pour lequel nous avions des billets au premier rang ?

Rien de tout cela n'avait d'importance.

C'était à propos de moi et de Jacob. Mon homme. Mon éternité : revendiquer ses droits. Me rappelant que personne ne pouvait me toucher comme il m'a touché. Personne d'autre qui pourrait me faire fondre comme il m'a fait fondre.

Et il ne faisait que commencer.

Il rétracta ses doigts épais et les porta à ses lèvres. Les yeux fermés alors qu'il me goûtait sur sa peau. J'ai léché mon désir de miel.

Le simple fait de le regarder, perdu dans mon essence, ivre de moi, suffisait à transformer les battements de mon aine en un cyclone, prêt à nous balayer tous les deux et à nous laisser haletants.

Lorsqu'il a ouvert les yeux pour me regarder, j'ai su que ce qui allait suivre serait un ordre, pas une demande.

Il n'a pas déçu.

"Assieds-toi sur mon visage."

Sa faim se répercutait dans sa voix et me faisait bouger. Je n'ai pas fait de blague, ni rougi, ni réfléchi à la façon dont je me conformerais sans patauger et sans être un gâchis très peu sexy. Je n'ai pas pensé à mes fossettes sur les cuisses.

J'ai grimpé sur son torse musclé, me stabilisant tout en plaçant un genou de chaque côté de sa tête.

Je l'ai regardé, juste à temps pour le surprendre en train de se lécher les lèvres, comme s'il était sur le point d'aller en ville et qu'il ne resterait plus une miette de moi.

Utiliser la tête de lit pour avoir quelque chose à saisir, quelque chose pour m'attacher pour ne pas sombrer dans la folie, était inutile.

Sa langue avait une mission : me rendre fou de désir – et Jacob serait damné s'il n'atteignait pas cet objectif... et plus encore.

Sa langue se glissa dans ma chaleur, dessinant des lignes érotiques de haut en bas de ma chair lisse. Il gémit en moi, envoyant des vibrations qui me bercèrent de l'intérieur. Au moment où je lâchais prise, frottant mon corps contre sa bouche, j'avais créé un nouveau langage. Il se composait de deux mots : merde et putain.

Je n'étais pas un adepte des jurons, mais les temps désespérés appelaient des mesures désespérées. Ses mains se levèrent pour me saisir, pour me rapprocher. Il a atteint des parties de moi qui m'ont fait ajouter quelques syllabes supplémentaires à chaque mot.

"Ff-putain," gémis-je alors que sa langue me léchait. Plongé dans et hors de ma chaîne comme s'il était possédé et en aimait chaque minute. Il a entouré mon nœud de passion et l'a sucé, au moment même où ses doigts s'ajoutaient au mélange. Pomper et sucer, construire un rythme que je ne pourrais pas suivre, même si j'essayais. Tout ce que je pouvais faire, c'était tenir bon pour la vie. Enfonce mes dents dans ma lèvre inférieure pour ne pas crier de plaisir. "Ch-ch-ch-merde!"

Je lâchai la tête de lit et lui laissai tomber mes mains. J'ai saisi des touffes de cheveux ébène et fait tourbillonner mes hanches.

Grimper au sommet du plaisir. Coulant comme une rivière – et tout ce que je voulais, c'était m'y noyer. Vivre dans cet endroit rempli d'extase.

Ses paroles étaient étouffées, mais j'ai décidé de devenir un voyou et de remplir les blancs. J'avais l'impression, à la façon dont sa poigne se resserrait, comme s'il fermait les écoutilles, qu'il me disait de venir le chercher.

J'ai poussé un seul cri guttural, comme un coup de feu dans l'obscurité qui a déchiré toute illusion idiote selon laquelle un type d'il y a des années, qui s'est éloigné de nous sans se retourner, pourrait un jour tenir tête à l'homme que je serais. construit une vie avec.

Un homme qui n'a jamais cessé de m'étonner.

Qui n'a jamais manqué de moyens pour me briser en un million de morceaux.

Juste au moment où le monde se redressait et que je descendais pour ne pas étouffer l'amour de ma vie, un autre son résonna dans la pièce. Hope poussa un gémissement qui nous fit tous les deux grincer des dents, comme si nous avions été pris en flagrant délit.

"Je l'ai," fit Jacob un clin d'œil, sa bouche toujours brillante de mon miel. Des cheveux en désordre sauvage et délicieux.

Je lui ai picoré la lèvre, décidant que c'était mon tour. Après les choses qu'il vient de faire avec sa bouche, il a bénéficié d'un repos et d'une relaxation majeurs.

"Vous vous reposez." J'ai décroché ma chemise de nuit du crochet près du lit. Le tissu soyeux soupirait sur mon corps. J'ai senti ses yeux sur moi, son amour couler par vagues. Je m'attardai devant la porte, jetant un regard passionné par-dessus mon épaule. "Tu vas en avoir besoin."

CHAPITRE 4

« Tout va bien ? »

Le sourire sur mon visage, qui donnait l'impression d'enfiler mon t-shirt préféré ou d'ouvrir une fenêtre pour laisser entrer le soleil, s'est arrêté sur mon visage.

Mon assistante, Simone, faisait beaucoup de choses ; littéralement une fille à tout faire. Elle a obtenu un diplôme en relations publiques et en journalisme, combiné à une multitude d'activités parascolaires qui l'ont distinguée de tous les autres candidats. Des choses comme créer un blog sur la culture pop qui rivalisait avec tout ce qui sort du secteur du divertissement, faire du bénévolat dans une maison de retraite, gérer un café local et botter le cul dans une équipe de roller derby qui a presque remporté les championnats nationaux.

Au fond, Simone Ritter était une femme qui connaissait son métier et se souciait des gens. Alors, quand elle a discrètement tiré ma porte après avoir passé notre matinée brève tout sourire, sifflant presque avant de me rattraper parce que les choses s'amélioraient enfin, je me suis arrêté pour digérer sa question.

J'ai laissé mon café sur le bureau, mon front se plissant de confusion. "...Oui?" Même si nous étions dans mon bureau et que rien n'était déplacé, de mes bibelots à ma pile de choses à faire, j'ai quand même scanné la pièce. J'ai regardé le plafond, comme si c'était peut-être trop beau pour être vrai et que le ciel allait tomber à tout moment. "Pourquoi demandez-vous?"

Elle porta son stylo à sa bouche, mâchant pensivement le bout. "Je suppose que je suis juste surpris que tu sois de si bonne humeur."

J'ai verrouillé ma mâchoire. "Si cela concerne À propos de nous..."

Aïe. Je me suis arrêté quand j'ai regardé son visage et j'ai vu qu'elle ne faisait pas référence à tous les rapports sur moi lors du concert et au chanteur qui m'appelait.

J'ai contourné mon bureau et me suis laissé tomber sur ma chaise avec une grimace. Je pensais que je gardais la tête baissée, que je faisais du bon travail en agissant comme si j'allais bien alors que ma vie à la maison était en ruine, mais apparemment, j'avais tort. « Juste un peu stressé ces derniers temps. Il n'y a pas de quoi s'inquiéter", ai-je ajouté rapidement lorsqu'elle s'est avancée, les mains sur les hanches, prête à passer à l'action. Prête à pardonner le comportement grossier de son patron. "Attends une seconde."

Je l'ai laissée me regarder d'un air interrogateur, me dirigeant vers la salle de repos. Jacob n'a épargné aucune dépense pour prendre soin des employés de Whitmore et Creighton. En plus du café chic à l'étage de la salle de conférence, chaque salle de pause était équipée d'une machine à expresso avec toutes les cloches et sifflets. Habituellement, je restais simple avec un peu de sucre pour accompagner mon café – et je savais que Simone était obsédée par les cappuccinos. Sa réponse rapide à ma question sur la raison pour laquelle elle était choquée par ma bonne humeur m'a dit qu'une simple tasse de café ne ferait pas l'affaire. Supporter la grincheuse Leila valait au moins un cappuccino.

J'ai fait craquer mes jointures, prêt à affronter la machine sophistiquée que j'évitais le plus de peur de devenir l'idiot qui a cassé la machine à expresso. J'avais passé deux ans comme barista à l'hôpital local alors que j'étais à l'université. J'ai appuyé sur quelques boutons et avant de m'en rendre compte, j'étais en train de tasser les grains d'espresso moulus et d'inhaler l'arôme frais et revigorant. J'ai fait cuire le lait à la vapeur, en inclinant le pichet et en l'ajustant pour créer la mousse.

« Est-ce que tu me prépares un verre ?

J'ai regardé par-dessus mon épaule, riant quand j'ai vu le choc sur le visage de Simone. « Pas seulement un verre. Le meilleur cappuccino que vous ayez jamais mangé. Et sur ce, je suis retourné au travail, préparant soigneusement son cappuccino, en m'exhibant un tout petit peu en faisant une feuille dans la mousse.

Le blanc de ses yeux brillait aussi brillamment que la petite tasse en porcelaine. "C'est si beau! Je n'ai presque pas envie... » Elle s'arrêta au milieu d'une phrase, prenant une gorgée avant de laisser échapper un gémissement de plaisir. "Leila, c'est incroyable!"

J'ai fait une petite révérence. "Content que tu aimes ça! Considérez cela comme la première d'une longue offre de paix pour avoir à me supporter.

Elle retira lentement le bord de ses lèvres. "Ton comportement?"

J'ai hoché la tête, croisant les bras, puis les décroisant parce que je ne voulais pas avoir l'air sur la défensive. "Peu importe ce qui se passe, je ne veux pas être le genre de patron qui prend pour acquis les gens qui m'aident." Ou rejeter ma frustration sur toi, pensai-je avec culpabilité.

Elle ramena la tasse à sa bouche, la finissant avant de se tourner vers le lave-vaisselle avec un soupir. "Leila, même si tu étais de mauvaise humeur, chaque jour, tu es quand même dix fois plus gentille que la plupart des gens qui travaillent ici." J'ai ouvert la bouche pour lui dire que cela n'avait pas d'importance, mais elle m'a tapoté le bras, son sourire me disant qu'elle n'avait aucune mauvaise volonté. "Excuses acceptées." Elle a ouvert la voie jusqu'à mon bureau, ses talons aiguilles fins comme un batteur menant à une grande révélation. « Mon message OOTD a reçu plus de 100 likes avant même que je commence à travailler, mon patron m'a préparé le meilleur cappuccino que j'ai mangé de ma vie et votre client le plus gênant s'est toujours comporté de la meilleure façon possible. Je ne veux pas me vanter, mais cela s'annonce comme le meilleur lundi de tous les temps.

J'étais presque d'accord avec elle, étant donné que Jacob et moi avons passé le reste du week-end (et ce matin) à nous réconcilier, mais j'ai refusé de croire que Rich O'Connor n'avait pas créé un feu pendant le week-end pour que nous puissions l'éteindre aujourd'hui. "Vraiment? Rien du tout?"

J'ai rapproché le bureau de ma chaise et Simone m'a tendu sa tablette pour ma confirmation. « J'ai vérifié sa présence sur les réseaux sociaux, les avenues traditionnelles, quelques-unes de mes sources dans les clubs qu'il fréquente, et ils disent tous... » Elle fit une pause pour un effet dramatique. "Rien."

J'ai parcouru l'écran avant de le lui rendre. Je n'ai pas cherché de vérification parce que je doutais de son histoire, remarquez. J'ai juste trouvé assez incroyable que le même homme qui avait vomi sur mon tapis et fait des propositions à moi et à Natasha avait vraiment tourné une nouvelle page. Mes discours d'encouragement étaient assez épiques, mais je n'étais pas un faiseur de miracles.

Le scepticisme s'est glissé dans ma voix. « Il n'est sûrement pas debout et prêt pour son interview en podcast dans une heure ? Peut-être pourrions-nous envoyer le coureur chez lui avec une nouvelle tasse de café et quelque chose à manger, vérifier la charge de son casque et de son micro... »

« Pas nécessaire », gazouilla Simone. « En fait, il est debout depuis 7 heures du matin. A déjà discuté avec l'animateur et ils prévoient de commencer l'enregistrement un peu plus tôt. Dans... Simone jeta un coup d'œil à sa montre. "15 minutes."

« Simone ! » J'ai sifflé, lissant le devant de mon chemisier comme si j'étais celui qui était interviewé plutôt que de le surveiller via webcam pour m'assurer qu'il ne mettait pas son pied dans sa bouche.

"Désolé", proposa-t-elle, me faisant mieux en me tendant mon café que j'avais oublié. « J'ai été complètement distrait par le cappuccino et... tu veux du café ? Ou une tasse fraîche ?

"Je vais bien," répondis-je en prenant mon café. Même s'il avait perdu un peu de son punch, je ne me sentais pas trop pointilleux pour le moment. Je voulais juste un peu de caféine avant de devoir m'occuper de Rich. Je voulais croire à son revirement miraculeux, mais la vérité était que j'avais des doutes. Un homme qui a passé des années à entretenir son image de mauvais garçon ne s'est pas bien passé aussi facilement. Ce n'était pas comme appuyer sur un interrupteur. "Il est déjà en ligne?"

"Oui, il l'est", gazouillaient vivement les haut-parleurs de mon ordinateur. J'ai déplacé mes yeux vers mon écran et Rich m'a fait un clin d'œil. "Il est temps que vous arriviez, Mme Whitmore."

SIMONE AVAIT QUITTÉ MON bureau pour s'attaquer à une autre balle sur notre liste de choses à faire. Plus je regardais le visage trop vif de Rich, plus j'aurais aimé demander un deuxième avis. Une autre personne qui avait passé beaucoup de temps avec lui, qui connaissait ses hauts et ses bas, ses entrées et ses sorties – et qui lui accorderait le même regard secondaire nécessaire.

Les mèches sombres de minuit qu'il aimait retourner et attacher en chignon juste avant de s'en prendre à quelqu'un ? Disparu. À sa place, il y avait un buzz cut qui l'aurait fait ressembler davantage au méchant du film, avant même qu'il n'ouvre la bouche, mais quelque chose qui était définitivement rare était agrafé à son visage robuste... un sourire.

"As-tu passé un bon weekend?" Avant même que je puisse répondre, il se pencha, ses yeux marron foncé allant de gauche à droite comme s'il s'assurait que personne n'écoutait. Je suppose que cela n'avait pas d'importance que nous sachions tous les deux qu'il était à la maison et seul.

A moins qu'il ait une nana cachée dans sa salle de bain et qu'il a oublié. Je me souviens encore de mon choc total lorsque je suis tombé sur les captures d'écran d'il y a quelques mois. Les gros titres incroyables. L'acteur laisse son escorte enfermée dans les toilettes pendant près de 36 heures. Cela aurait semblé absurde, comme les histoires de Bigfoot. Il n'était pas possible que quelqu'un oublie de dire à son visiteur secret que la voie était libre et quitte la ville pour travailler sur un projet de film, n'est-ce pas ? Cette visiteuse ne pouvait pas être si désespérée qu'elle ne parvenait pas à trouver une porte, n'est-ce pas ? Ensuite, j'ai lu davantage parce qu'à ce moment-là, j'étais investi et j'ai appris que Rich avait ligoté la femme et que leur jeu de rôle avait été interrompu. Il avait été tellement ivre, défoncé ou les deux, qu'il avait tout oublié d'elle. Laissant la femme se tourner les pouces, le porc attaché, attendant que son rendez-vous vienne la détacher.

"J'ai vu que tu écoutais de la musique ce week-end."

J'ai roulé des yeux et j'ai résisté à l'envie de gémir. "C'est vrai, hein ?"

« Qu'avez-vous, Mme Whitmore ? Vous attirez les hommes comme les mouches vers le miel. Il posa son menton sur sa main et durcit sa mâchoire, me donnant une photo digne d'être imprimée qui aurait fait frémir la plupart des femmes. «Entreprise actuelle incluse.»

Je ne voulais pas mordre à l'hameçon et j'ai refusé de parler de Jacob ou de Corbin avec lui, alors je nous ai remis sur la bonne voie. « Nous ne sommes pas là pour parler de moi. Nous sommes là pour nous assurer que vous tuez pendant votre podcast en quinze minutes.

Il a fait un salut militaire. "Oui m'dame! Puisqu'ils ne pourront pas voir ma beauté diabolique, je devrai simplement les convaincre avec ma voix de chambre. Il a regardé la caméra et a laissé tomber son ténor sur une tonalité qui rendrait Barry White fier. "Comment c'est?"

Je ne voulais pas rire, mais même moi, je n'étais pas à l'abri, surtout quand il n'était pas le type grossier et odieux sous lequel la plupart du monde le connaissait. Quand il ne traitait pas les femmes de salopes et de putes, il était plutôt charmant.

"Travaille pour moi. Passons donc en revue la liste des sujets qu'ils ont envoyés.

Rich tenait sa feuille de papier comme un enfant partageant fièrement son A+ pour le test pour lequel il avait étudié sans relâche. "Je les ai ici!"

Je me suis penché, plissant les yeux dans l'espoir que les pixels me trompaient. Il semblait qu'il n'y avait pas de réponses ou de notes à côté des sujets d'actualité et des questions possibles qu'elle poserait. Rich était un homme qui avait la réputation de passer de zéro à cent lorsqu'il se sentait mal à l'aise, et ces espaces vides me disaient qu'il était sur le point de faire quelque chose de fou. Il prévoyait de le lancer lors d'un podcast animé par l'une des femmes qu'il avait dénoncées en ligne. Une femme qui était connue pour s'en prendre à des connards auto-identifiés et avoir fait pouf leur renommée après les avoir pris à partie. Les a fait exploser et dire des choses dont il était impossible de revenir.

"Rich..." J'ai appuyé sur l'arête de mon nez et j'ai essayé de me souvenir d'une respiration régulière. J'aurais aimé prêter plus d'attention à la fluidité et à la recherche de mon zen intérieur pendant les quelques cours de yoga auxquels j'avais assisté au lieu de m'inquiéter de mon apparence disgracieuse. « Pourquoi est-ce que je ne vois pas les pensées et les commentaires ? Avez-vous au moins examiné ces sujets ?

Ses yeux se rétrécirent jusqu'à devenir des fentes d'onyx. "Oh, vous de peu de foi." Il reposa le journal et dissipa tout doute sur le fait qu'il n'apporterait pas son meilleur match. « Pourquoi agir ? C'est facile. J'ai grandi dans un endroit où mes options étaient de devenir militaire, de poursuivre la tradition familiale consistant à travailler dur tout en continuant à décrocher, ou d'espérer que de bonnes notes et un essai génial suffisaient pour qu'une université me jette un os. Il leva la main, comptant chaque puce. Même s'il était un peu fascinant en personne, quand il n'était pas occupé à me donner envie de le frapper à la tête, même sa voix vous envoûtait. Il y avait une cadence, une fanfaronnade qui ne pouvait être niée. "Je ne me débrouille pas bien avec l'autorité ni avec le respect des règles." Il fit une pause, comme s'il attendait qu'un public imaginaire pousse un sifflet ou deux. Donner aux femmes discrètes et à l'écoute tout au long de leur journée une raison de rougir et de se mordre les lèvres.

Avant que je puisse secouer la tête, Rich a continué.

"Le problème de l'autorité s'applique en quelque sorte aux deux", Rich haussa les épaules. « Et pour ce qui est de l'université, mon idée d'étudier est née environ une demi-heure avant l'examen. Les devoirs étaient la toute dernière chose sur une liste de priorités, à savoir fumer, boire, vous savez quoi, et la musique.

Il savait qu'il me jouait du violon parce que mes sourcils se sont arqués à son dernier mot. Accro à son histoire. Accro au point que j'avais complètement oublié la vraie raison pour laquelle il était dans la série. Pour baiser le cul, pour expier ses affronts envers les femmes et toute autre personne qu'il ne jugeait pas digne de respect. À ce moment-là, il n'était que ce «méchant enfant» que tous les autres enfants trouvaient super cool sans même essayer. Faire et dire des choses que nous n'avons jamais rêvé de faire et que nous ne pourrions jamais réaliser.

Il caressa le haut de sa tête, montrant un de ses tatouages noueux. «La musique, c'était mon exutoire. Il y avait ce bar à la périphérie de la ville. Il ferma les yeux comme si c'était une partie de son histoire qu'il ne voulait pas rejouer. Ce moment embarrassant où vos parents sortent vos vieilles photos d'école, obligeant la personne que vous avez amenée à repenser ses choix de vie.

«Cet endroit était une vraie merde. Le genre d'endroit où il faut se démener juste pour faire taire cette voix qui murmure 'si quelque chose doit se passer ce soir, ce sera ici'.

Ils ont pensé que c'était une bonne idée de me faire jouer de la musique le jeudi soir. Les premières semaines ont été difficiles, mais une fois que j'ai gagné mes galons, j'ai eu des adeptes. Une nuit, cette rousse..." il fit une pause, reculant mentalement et modifiant son choix de mots. « Cette femme qui travaillait dans le casting est venue à mon émission et m'a dit que je serais parfait pour un petit rôle dans une petite émission de télévision. Une petite émission de télévision intitulée Beaches. Il a gonflé sa poitrine avec fierté et j'ai presque souri. La plupart des acteurs qui ont réussi ont eu tendance à hésiter dès leurs débuts s'il s'agissait d'un feuilleton ou de quelque chose de considéré comme bas, mais pas Rich. Il assistait encore de temps en temps aux conventions de fans de Beaches et entre les tweets sur la nouvelle starlette avec laquelle il aimerait passer une nuit, il retweetait l'amour des fans à ses abonnés.

« Les plages ont ouvert la porte à là où je suis aujourd'hui. J'ai commencé avec deux répliques, mais le public est tombé amoureux et le reste, comme on dit, appartient à l'histoire. Il pencha la tête sur le côté, un sourire narquois aux lèvres. « Alors, dis-moi, Leila, suis-je prête ?

Pour être honnête, il m'avait surpris depuis qu'il avait ouvert la bouche. Être lui-même, mais il a reculé de plusieurs crans. C'est toujours un flirt impénitent, mais pas odieux. Sa confiance rayonnait d'une manière qui ne peut être enseignée. Méchant ou non, il lui était difficile de ne pas l'aimer.

Jusqu'à ce que tu le prennes au dépourvu.

J'ai baissé les yeux sur le journal et j'ai trouvé une question qui n'était pas aussi confortable. « Pourquoi pensez-vous qu'il est approprié d'appeler les femmes des « salopes » ?

Il recula de quelques mètres, quelque chose traversant son visage avant de disparaître. Quand il revint, récupéré, souriant sur place, il leva un seul doigt, tic tacant le chiffre tout en secouant la tête. «C'était un coup bas. Pas d'avertissement, hein ? Pas de préliminaires avec toi... "

" Je vais t'arrêter tout de suite. " Je me suis penché à ce moment-là, grave comme une crise cardiaque. "A aucun moment vous n'êtes autorisé à parler de quoi que ce soit de sexuel ou à faire des propositions à l'hôte ou à d'éventuels invités de quelque manière que ce soit." J'avais l'impression qu'il fallait élargir un peu le champ d'application pour inclure toute personne ayant un pouls, mais je n'ai pas eu le temps de lui expliquer la gravité du respect des autres. « Lorsque vous vous sentez attaqué, menacé ou embarrassé, vous devenez un imbécile. Ce n'est ni sexy, ni mignon, ni drôle. C'est la raison pour laquelle vous avez failli perdre le rôle dans votre film actuel.

Cela provoqua une réaction, ses yeux se plissant vers des fentes dangereuses. Je me suis préparé à une plaisanterie désobligeante, mais il n'a pas dit un mot.

J'ai été surpris qu'il ne crachait pas de sang en se mordant la langue.

C'était son premier rôle en tant qu'homme principal. Un thriller de type shoot'em up dans lequel il était en fait le héros, au lieu du méchant que tout le monde espérait, qui finirait par obtenir sa récompense. Il était à un tournant. Soit il stagnait et devrait se contenter de « ce type qui joue toujours le méchant », catalogué jusqu'à ce qu'il disparaisse au coucher du soleil, soit il pourrait s'évader et essayer de montrer au monde qu'il avait de la portée. Qu'il était un talent polyvalent. Ses insinuations et son manque de respect flagrant ne feraient que le transformer en un hashtag, un symbole contre lequel se rallier au lieu d'un acteur digne de l'argent durement gagné des cinéphiles.

"Si vous pensez que l'hôte va être tout câlin et stupéfait, vous posant des questions de softball sur d'où vous venez, votre couleur préférée et ce que vous aimez vous gaver sur Netflix après une longue journée, vous n'y prêtez pas attention." J'arquai un sourcil. «Même si vous ne l'aviez pas appelée 'la potelée Reese Witherspoon', sachez que vos premiers mots à toute question sur votre comportement récent devraient être 'Je suis désolé'. Période. En fait, vous devriez vous donner pour objectif de vous excuser au moins trois fois au cours de l'entretien.

Il avait l'air physiquement malade, mais il m'a fait un léger signe de tête, ses yeux gris baissés. "J'ai compris."

Je n'étais pas sûr à cent pour cent d'avoir réussi à le joindre, mais j'avais une lueur d'espoir que peut-être il garderait le cap assez longtemps pour que son charme l'emporte sur ses pulsions de connard. "Alors je serai à portée de main..."

"Tu ne m'as pas laissé répondre à ta question."

Il y avait une lueur dans ses yeux qui me fit me demander s'il allait reprendre là où il s'était arrêté, mais je ne l'ai pas arrêté. "Poursuivre."

Il ne s'éclaircit pas la gorge et ne perdit pas de temps en faste. « Tout d'abord, ce n'est pas approprié pour moi de traiter les femmes de salopes. Je suis désolé pour ça. Désolé que ma réaction lorsque je suis face à quelqu'un qui a une opinion négative ou contradictoire avec la mienne soit d'insulter. Je devrais écouter. Je fais une pause pour vraiment jeter un œil à mes actions et à mes paroles. Il poussa un soupir las. "Les mots peuvent être puissants, mec." Son sourire devint ludique. "Et malgré l'opinion populaire, je suis un amoureux, pas un combattant."

"Oh bon sang," dis-je, sans même prendre la peine d'empêcher mes yeux de rouler dans leurs orbites.

"Maintenant, je sais que l'entretien se passera bien !" Il leva son poing en l'air. «J'ai obtenu le rouleau d'approbation de Leila Whitmore.»

Je m'éloignai de l'ordinateur avant qu'il ne me voie sourire. "N'oubliez pas de traiter les gens comme vous aimeriez être traité et tout ira bien." Étant donné qu'il voulait être traité comme un roi, j'ai pensé que ce serait un bon début. «Je vais prendre une bouchée avant que vous ne commenciez à rouler. De retour dans cinq heures.

Il m'avait déjà complètement oublié en grattant quelque chose sur sa guitare. Cela me rappelle un autre homme qui pensait qu'il était un cadeau de Dieu à l'humanité.

Non, pensai-je fermement, fermant cette porte avant de pouvoir faire un pas à l'intérieur. J'avais trop faim et trop heureux de retourner à Corbinland.

J'ai glissé mon téléphone et j'ai feuilleté l'application pour pouvoir vérifier Hope. Elle et ma mère étaient occupées à rattraper le temps perdu. Je n'avais aucune idée de qui gagnait Peekaboo, mais Hope avait l'air de pouvoir continuer encore une heure ou deux.

J'ai senti les yeux sur moi lorsque je parcourais les couloirs. La question à leurs yeux était la même que celle posée par Rich. D'abord Jacob, maintenant une rockstar ? Qu'avait-il avec cette nana ? J'avais une vision tunnel, répondant aux salutations de ceux qui prenaient la peine de parler.

L'une de ces collègues, une femme nommée Molly qui travaillait en étroite collaboration avec Claudia Joy, s'est arrêtée assez longtemps pour avoir une conversation approfondie.

« Leïla ! » Son sourire était aussi éclatant que ses boucles blondes pâles. "Comment ça va?"

"Salut!" J'ai répondu avec une réponse nerveuse. "Ça va très bien, j'espère que tu vas bien."

"Je ne peux pas me plaindre." Elle se pencha et tapota son épaule contre la mienne. "J'ai entendu dire que quelqu'un avait passé un bon moment à Lust at the Lake."

J'ai laissé tomber mon sourire comme une patate chaude. "Oh, ha, tout allait bien." J'ai un peu accéléré mon rythme. "Très bien" n'était même pas proche, mais je savais qu'elle ne demandait pas par véritable inquiétude. Elle était intéressée parce qu'elle espérait que je partagerais quelque chose de juteux pour qu'elle en fasse rapport à la ruche. "As-tu passé un bon weekend?"

"Trop court, comme d'habitude", ricana-t-elle. Elle nous a redirigés vers sa destination d'origine : Gossip. "Donc, je suis en fait un grand fan de About Us et-"

"Je me suis faufilé hors du bureau assez longtemps pour prendre une bouchée rapide, mais c'était génial de te voir!" Je me suis dirigé vers le café, respirant l'odeur du pain fraîchement sorti du four, essayant de chasser tout le reste de mon esprit. J'avais pensé à faire un croissant et une coupe de fruits. Maintenant, j'avais envie de quelque chose de plus décadent, comme un croissant recouvert de chocolat. Ou un burger enrobé de chocolat. Je n'ai eu aucun problème à manger mes sentiments.

J'ai parcouru les tables du café et je me suis arrêté lorsque j'ai frappé l'arrière de la tête de Missy, puis j'ai soupiré de soulagement lorsque j'ai réalisé qu'elle était absorbée par une conversation avec un type en casquette. Je me suis dirigé vers la caisse et j'ai opté pour un croissant au chocolat et un moka blanc avec de la crème fouettée supplémentaire.

Je me suis précipité vers la ligne de prise en charge et j'ai essayé de paraître occupé sur mon téléphone. Trop occupé pour bavarder, surtout si cela était lié au concert, à propos de nous ou à Corbin Wolfe.

"Hé, Leïla!"

La voix inhabituellement enjouée de Missy s'est déchaînée dans ma direction et j'ai jeté un rapide coup d'œil, j'ai fait un signe par-dessus mon épaule et j'ai essayé d'envoyer un message mental au barista. Dépêchez-vous, s'il vous plaît.

« Viens quand tu auras mangé ! » Missy a suivi, manquant le message que je lui avais envoyé avec mon bonjour à moitié con.

Mon verre était levé et je l'ai attrapé et je me suis dirigé droit vers la sortie. "La prochaine fois! Je suis follement occupé... "

" Trop occupé pour un vieil ami ?

J'ai laissé tomber mon café et je l'ai regardé exploser alors qu'il s'écrasait sur le sol.

Ne cligne pas des yeux.

Je ne m'en aperçois pas.

Je connaissais cette voix, et ce n'était pas la voix d'un collègue.

J'ai tourné la tête vers la gauche, réalisant que le gars avec la casquette à la table de Missy était maintenant à mes côtés. Et le chapeau n'était pas tant une mode qu'un déguisement. J'ai regardé dans des yeux gris orageux et j'ai soudainement perdu l'envie de manger.

Corbin.

CHAPITRE 5

Cela n'arrivait pas.

Je n'étais pas recouvert de moka au chocolat blanc, avec de la crème fouettée supplémentaire. Trempé, poisseux et le visage rouge, avec tous les yeux du café rivés sur moi, y compris une série de yeux gris que j'espérais ne plus jamais revoir.

Quand j'ai quitté la maison ce matin, j'ai considéré comme un coup de chance que Hope ne m'ait pas donné un peu de son petit-déjeuner à emporter avec moi sur mon chemisier écarlate. Eh bien, avant, c'était écarlate. Maintenant, il était écarlate avec des pois expresso. Il s'avère que la dépendance de Hope à vous donner sa petite signature à transporter toute la journée n'est pas comparable à la maladresse de maman.

Je fermai les yeux et pris une profonde inspiration, avec des bruits osseux. Le flux d'oxygène vers mon cerveau aurait dû être comme une dose d'adrénaline. Quelque chose de semblable à quatre shots d'espresso turbo, me frappant d'un seul coup. Le monde aurait dû trembler et vrombir comme un carrousel dément, dangereusement sur le point de sortir de son axe. Au lieu de cela, j'avais l'impression d'être piégé dans une séquence au ralenti d'un film. Le temps a ralenti ; le battement de mes cils, le tonnerre de mon cœur, l'ouverture de ma bouche, le gonflement de mes yeux, tout cela grinçant jusqu'à agrandir une vérité dévastatrice : ce n'était pas du tout un film. Pas un cauchemar dont je pourrais me réveiller. La réalité était une pilule amère que je devais avaler, et je ne pouvais pas échapper à ce qui se trouvait juste devant moi.

Mon ex, que je pensais ne plus jamais revoir si j'avais quelque chose à dire à ce sujet, était là. Et ce n'était pas le concert, où une barrière et des gardes de sécurité renforcés se dressaient entre nous.

Il était suffisamment proche pour pouvoir le toucher.

Assez près pour étrangler.

La pièce était si calme qu'on pouvait entendre une mouche voler. Chaque conversation était réduite au silence. Tout ce que les gens mâchaient avait été brusquement avalé ou étouffé. Personne n'était au téléphone car ce qui se déroulait sous leurs yeux était infiniment plus intéressant.

C'était plus que quelqu'un qui faisait des bêtises, donnant à chacun quelque chose pour faire semblant de ne pas l'avoir remarqué. Heureusement, ce n'était pas eux qui s'étaient renversés un café au lait sur eux-mêmes.

Mais je n'étais pas n'importe qui.

J'étais l'épouse du patron, qui était figée sous le choc et l'horreur alors qu'elle regardait l'homme qui essayait de nettoyer mes dégâts.

Un homme qui occupait tout mon espace personnel – et ce n'était pas Jacob Whitmore.

J'ai essayé d'avaler la boule de démolition dans ma gorge. J'ai essayé de dissiper la brume qui m'avait transformé en une statue de sel parce que j'ai osé regarder en arrière. Parce que je regardais dans le passé, je revenais brusquement à la gamme de sentiments évoqués par Corbin Wolfe d'un seul regard.

Excitation.

Colère.

J'ai décidé de me concentrer sur le dernier, car j'essayais toujours de comprendre que cela se produisait. J'étais encore dégoulinant, portant 80 % de mon verre pendant que Corbin épongeait le liquide avec des serviettes. Mon cœur ne battait plus dans mes oreilles et je pouvais écouter le seul son de la pièce.

La voix de Corbin, basse et sincère.

S'excuser abondamment.

Autrefois, un « Je suis désolé » de Corbin Wolfe aurait signifié quelque chose. Maintenant ? C'était juste un creux, inutile, et...

« Qu'est-ce que tu fais ici ? Ai-je demandé d'une voix stridente, pour finalement m'en sortir. Trouver ma voix et faire un pas hors de la pile croissante de serviettes. J'ai réglé mes phaseurs pour tuer tout en lançant un regard noir à la dernière personne que je m'attendais à rencontrer au bureau.

Il était encore plus hipster qu'il ne l'avait été au défilé, comme s'il espérait que les paparazzi prendraient une photo qui enverrait les dames au magasin acheter à leurs hommes tout ce que Corbin portait, de la tête aux pieds. Le jean déchiré l'était intentionnellement, le délavage indigo intensifiant sa peau olive. Les bottes de combat étaient tachetées de mon café au lait. Il avait troqué sa tenue de concert en flanelle et un t-shirt de groupe contre un sweat-shirt noir uni qui aurait donné à n'importe qui d'autre un air trapu et habillé. Apparemment, il avait laissé les lunettes à la maison et, pour être honnête, je doutais qu'il les portait par nécessité. La casquette sur sa tête était de la couleur de ses yeux, un gris chiné foncé et douillet. Combiné avec les mèches blondes ondulées qui jaillissaient, il m'a rappelé la Californie. Il m'a rappelé des promesses non tenues et de creuses déceptions.

Je reculai encore d'un pas et me tournai vers le barista avec une grimace d'excuse. "Je suis vraiment désolée pour le désordre..."

"Ce n'est pas un problème du tout", m'a-t-elle coupé, toute son attention étant concentrée sur la scène du déversement. J'ai froncé les sourcils quand j'ai réalisé qu'elle ne regardait pas le désordre, notant mentalement qu'elle devrait être en alerte chaque fois que Leila Whitmore se trouvait dans les environs. Elle observait chaque mouvement de Corbin, le cœur dans les yeux.

Et elle n'était pas la seule.

Lorsque vous faites quelque chose d'embarrassant, vous supposez toujours que tout le monde vous regarde. Le fait que je laisse tomber mon verre a été comme un coup de feu entendu dans le monde entier. Mais il n'était pas nécessaire d'avoir accès aux bulles de pensée privées des gens pour savoir que j'étais la dernière chose qui les préoccupait. Les femmes s'évanouissaient toutes devant Corbin, se précipitant pour sauver la situation. Et les hommes ? Ils lui lançaient tous des regards pointus, comme s'il avait envahi leur territoire.

Tout cela était ridicule et pas aussi important que la question à laquelle il n'a toujours pas répondu, Lay.

"Corbin-"

"Leila !"

Parce que j'avais clairement énervé quelqu'un et que je recevais mon dû karmique, Missy a décidé de me rappeler que cela pouvait toujours être pire.

J'ai levé mon regard dans sa direction, luttant contre l'envie irrésistible de trembler comme un chien mouillé et de faire pleuvoir des gouttes de chocolat blanc qui tacheraient sa tenue comme un tableau de Jackson Pollock. Ce n'était pas suffisant que son pantalon ne soit pas recouvert de crème fouettée. Elle a dû nous encercler pour que nous puissions avoir une bonne chance quant à la façon dont elle correspondait méticuleusement à chaque aspect de sa tenue. Chemisier ivoire, pantalon ébène, bretelles et chapeau melon resté en place par magie, avec des boucles d'onyx encadrant son visage suffisant.

Elle s'est arrêtée juste devant moi, transformant la salle de repos en une ville poussiéreuse du Far West. Elle posa les deux mains sur ses hanches et sourit sournoisement alors qu'un tumbleweed passait devant elle.

"Je ferais les présentations, mais je crois que vous vous connaissez déjà tous les deux."

Avec Missy en ligne de mire, j'ai presque oublié qu'il y avait quelqu'un d'autre dans la pièce. Avec le temps, être avec elle n'était plus entièrement controversé, mais nous étions loin d'être du genre à bavarder/à s'asseoir ensemble au café/à faire des présentations, le genre d'amis de travail. En fait, d'après son sourire (qui ressemblait davantage à un grognement à la seconde) et étant donné que tous les poils dont je disposais étaient levés, je frapperais complètement toute la partie « amie ». Nous étions deux personnes qui travaillaient ensemble. Se sont tolérés. Et vu les éclairs qui brillaient dans ses yeux sombres et mes poings serrés à mes côtés, nous avons à peine réussi à y parvenir.

Le regard de Missy était fixé sur moi, mais elle parlait à quelqu'un d'autre. Lui parler. "Tu es vraiment adorable, Corbin, mais je pense que Leila est une grande fille." Son accent sur « grand » m'a donné envie d'effacer ce sourire aromatisé à Mean Girls de son visage. Missy Diaz était la personnification de tous les tyrans que j'avais rencontrés en grandissant. Les filles qui avaient l'air de sortir des pages d'un catalogue Delia. Qui sourirait gentiment si un adulte était proche et vous enverrait un message silencieux que plus tard, lorsque vous serez seul, il vous ferait souhaiter de rester malade à la maison. De jolies filles avec un trou noir là où leur cœur aurait dû être, qui ont grandi pour devenir des filles autoritaires, bavardes et cool que tout le monde adorait parce que vous préfériez être un baiser-cul plutôt que celle qu'elle étiquetait « Pas l'une des nôtres ».

Autrefois, je serais resté en dehors de son chemin. J'ai essayé désespérément de ne pas la heurter. Je me suis rendu presque invisible.

Pas plus.

"Puis-je vous aider ?" Je redressai la mâchoire, la parcourant des yeux de la tête aux pieds de la manière la plus dédaigneuse possible. "J'étais juste-"

"Je parle à mon nouveau client", a-t-elle terminé avec un sourire si froid que j'ai presque frissonné. Le froid fut passager car il fut rapidement remplacé par un enfer lorsque je réalisai que mes yeux et mes oreilles ne me jouaient pas de tours. C'était Missy, tendant la main pour aider Corbin à se relever. Corbin, qui regardait d'avant en arrière comme s'il regardait un match de tennis, était prêt à se baisser pour que la balle ne lui frappe pas la tête. Moi, la mâchoire tombant au sol alors que je rejouais la phrase de Misty dans ma tête.

Je parle à mon nouveau client.

Corbin était un client ?

À Whitmore et Creighton ?

Comme dans, le rencontrer pourrait devenir un phénomène courant ?

J'ai fait un pas en arrière, sans même me soucier du sourire de Missy qui s'étendait d'une oreille à l'autre. Elle était sur le point de faire une danse de la victoire.

J'avais envie de m'élancer, mais Corbin a fait un pas vers moi et tout en moi a crié. J'ai tendu la main, essayant de garder ma voix basse et égale. Pour ses oreilles seulement, même si j'avais l'impression que tout le monde dans la pièce, à ce foutu étage, pouvait entendre chaque mot. "Ne le faites pas."

Il n'a jamais été doué pour écouter, raison n°145 pour laquelle nous étions un horrible match. Il s'avança, tous les yeux contrits et de chien battu. « Je ne pouvais pas croire que c'était toi au concert ! Et quand j'ai réalisé que mon agent m'avait mis en contact ici à Whitmore et Creighton, dans votre entreprise en plus, j'ai su que c'était ma chance d'arranger les choses. J'ai tellement de choses à dire... »

Je secouai à nouveau la tête. Plus dur cette fois. J'ai senti mes joues frissonner comme si j'étais entré dans une soufflerie.

Missy s'avança, se léchant les lèvres comme un chien se lèche la babine quand un gros quelque chose de juteux attend d'être dévoré. Elle avait le scoop le plus juteux à ce jour, et elle le savait.

« Alors, comment vous connaissez-vous ? » » demanda-t-elle, toujours souriante. Souriante parce qu'elle connaissait la réponse.

"Nous avions l'habitude de..."

"-vivions dans la même ville !" J'ai terminé pour lui, pas prêt à tracer les lignes pour relier les points évidents. Je devais sortir d'ici. Nous devions sortir d'ici. L'homme qui ne parlait presque jamais de ses sentiments avait apparemment tourné une nouvelle page et était prêt à partager notre histoire avec la seule personne qui avait l'intention de faire de ma vie un enfer. « En parlant de ça, nous devrions vraiment rattraper notre retard ! J'ai fait un large arc de cercle autour d'eux deux, ne voulant pas trop m'approcher de Corbin ou de Missy. "Je connais un endroit formidable si tu es libre." Je ne l'ai pas regardé dans les yeux. J'ai établi un contact visuel avec sa poitrine, essayant de surfer sur la vague de voix dans ma tête qui criaient que c'était une mauvaise idée. Pour être honnête, mes collègues chuchotaient à propos de notre connexion et concoctaient des théories plutôt que de voir tous leurs soupçons confirmés par le nouveau client de Whitmore et Creighton.

J'espérais que toute cette célébrité n'avait pas effacé sa capacité à saisir les nuances et j'ai poussé un soupir de soulagement lorsqu'il a dit à Missy qu'il l'appellerait plus tard. Sans un mot, il m'a suivi hors du café et vers l'ascenseur.

Une fois que nous étions seuls, il s'est tourné vers moi avec un sourire narquois qui a alimenté mes inquiétudes quant à mon erreur.

"Tu es encore plus belle que dans mes souvenirs, Leila Bear."

J'ai reculé aussi loin que possible, les pieds écartés à la largeur des épaules. J'espérais que malgré le fait que Whitmore et Creighton étaient une ruche très fréquentée avec des gens qui allaient et venaient de 6 heures du matin jusqu'à ce que l'équipe de nettoyage ferme les lieux, personne ne viendrait nous interrompre avant que je précise certaines choses.

"Tout d'abord," commençai-je sèchement. «Je ne suis pas votre Leila Bear. Je suis Mme Jacob Whitmore et juste au cas où vous vous poseriez la question, il est plus un homme que vous ne l'avez jamais été et que vous pourriez espérer l'être. Je n'ai pas attendu de voir si son ego fragile avait été brisé. Je voulais nous sortir de ce bâtiment et hors de vue le plus rapidement possible. Il y avait un chemin clair vers le panneau de contrôle, alors j'ai appuyé sur le bouton du hall. "Je connais un lieu discret mais public où nous pouvons avoir une conversation." Je lui ai donné l'adresse du café pittoresque que je fréquentais, avec un parking à l'arrière et un agent de sécurité qui veillait à ce que les paparazzi aient trop peur pour tenter leur chance et avoir un aperçu de la clientèle. "Rencontrez-moi ici."

Je n'ai pas perdu de temps pour quitter l'ascenseur lorsque nous sommes arrivés dans le hall, et je n'ai pas douté qu'il se présenterait.

J'ai senti son regard me suivre jusqu'à ce que je sorte sur le trottoir.

"VOUS N'AVEZ PAS L'impression que vous vous amusez beaucoup."

J'ai détourné mon regard de la cible, un ballon néon qui me vaudrait un ours en peluche loufoque. Corbin tenait déjà une peluche dans ses deux bras. Il avait vaincu ce jeu en un temps record, selon l'opérateur du jeu, un homme à qui il manquait la plupart de ses dents. Et à la façon dont l'homme s'éclaircit la gorge, observant la ligne qui s'était formée derrière moi, il commençait également à perdre patience.

J'avais tiré trois coups de feu, il en restait un. Et Corbin avait raison : je ne m'amusais pas. Il avait déjà prouvé que le jeu n'était pas truqué. Deux fois. Et j'étais reparti les mains vides de trois autres jeux de carnaval, chacun un peu plus facile que le précédent une fois que Corbin avait remarqué que mon compteur ennuyé était sur le point de se briser complètement. Je ne me considérais même pas très compétitif, mais le MVP de la foire du comté ici faisait qu'il était impossible de ne pas prendre cette chose trop au sérieux. Il y avait un groupe d'adolescentes qui s'étaient inscrites pour la lourde tâche d'être sa section de pom-pom girls.

"Tu es si bon, Corbin!" Une blonde avec un anneau de langue avec lequel elle n'arrêtait pas de jouer s'est exclamée. "Tu devrais lui montrer comment c'est fait!"

Je lançai un regard renfrogné par-dessus mon épaule. "Je suis sur le point de lui montrer comment on fait", grommelai-je, avant de remarquer que Corbin adorait chaque minute. Un clin d'œil. Il a même dit oui lorsque deux d'entre eux lui ont demandé s'ils pouvaient prendre une photo avec lui.

Cette fois, je me raclai la gorge, mon visage étant chaud et rouge. Je ne voulais pas m'attarder sur le fait que je devais rappeler mon existence à mon petit-ami.

"Peut-être plus tard," dit-il rapidement, et ils laissèrent échapper un "Awww", comme s'il venait de leur dire que le Père Noël ne viendrait pas cette année. « Peut-être plus tard » n'était pas suffisant. Je cherchais un non... parce qu'ils attendraient aussi longtemps qu'il le faudrait.

"Désolé," offrit-il, une pointe de culpabilité dans la voix. Il m'a picoré sur la joue, un geste qui me faisait fondre. Un geste qui l'amenait à me plonger comme si nous étions dans un film en noir et blanc. Comme si j'étais la seule femme qui comptait au monde. J'aurais aimé savoir que notre lune de miel durerait un mois incroyable, puis j'apprendrais que sortir avec le gars le plus sexy que j'aie jamais vu avait un prix. Ce prix-là était que d'autres femmes avaient des yeux aussi. Désirs.

Et il vivait pour attirer l'attention.

« Chérie », commença l'ouvrier édenté du carnaval. « Tu vas tirer ? Sinon, je laisserai le tour à quelqu'un d'autre.

Corbin s'est avancé, comme s'il se présentait au travail. "Je peux tirer pour elle."

Ses groupies ont poussé un cri de soutien et j'ai roulé des yeux si fort que j'ai presque roulé toute la tête aussi.

"Non", ai-je crié, essayant de tout bloquer sauf ce qui était devant moi. "J'ai ça."

Je pense.

Les jeux précédents comportaient également une sorte d'élément de tir et Corbin m'a donné un rapide tutoriel. Trop vite, puisqu'il est arrivé derrière moi, son corps plaqué contre le mien. Je me suis penché et m'a murmuré d'expirer, puis j'ai appuyé sur la gâchette. Ce moment était si chaud, si beau, si nôtre que je me suis transformé en gelée et j'ai remis l'arme. pour qu'il puisse me montrer comment le faire en couleurs vivantes.

Je n'avais pas réalisé qu'il allait donner exactement le même tutoriel à trois autres femmes.

Corps pressé contre le leur.

Chuchotant à leur oreille.

Avant qu'il ait l'occasion de se frotter à quelqu'un d'autre, je me suis vraiment intéressé. Et j'étais déterminé à tirer sur ce putain de ballon.

Tous ses autres élèves avaient échoué, il fallait que je lui montre que j'étais l'exception à la règle. Que j'étais spécial.

J'ai ignoré la voix qui murmurait que ça lui manquerait probablement parce qu'il était trop occupé à flirter et j'ai respiré.

Inhalé.

Expiré.

A appuyé sur la gâchette.

Tout le stand s'est illuminé comme le 4 juillet lorsque j'ai fait éclater le ballon.

"Tu l'as fait !" La voix de Corbin était la seule chose que j'entendais, s'élevant au-dessus des cloches et des sifflets alors qu'il me soulevait et me faisait tourner. Lorsqu'il m'a rabaissé, j'ai regardé en arrière pour faire un petit sourire spécial à ses admirateurs, mais ils avaient déjà concédé, boudant dans l'autre sens.

L'opérateur m'a remis mon prix, essayant clairement d'éloigner ce couple étrangement chanceux de son jeu avant qu'il ne perde encore de l'argent.

J'ai pris l'ours dans mes bras, sans même me soucier du fait que c'était la chose la plus laide que j'aie jamais vue. Il était rose barbe à papa, avec des yeux dépareillés et un ventre décoloré sur lequel était écrit « Félicitations ! » avec un E.

Corbin m'a de nouveau enveloppé dans ses bras et j'ai inhalé l'odeur du savon Irish Spring, du maïs cuit en bouilloire et de l'amour. « Bon travail, Leila Ours ! »

J'AI PRIS MON CAFÉ et me suis dirigé droit vers le mur du fond. C'était à l'écart du rez-de-chaussée, suffisamment loin de la fenêtre pour que nous ne soyons pas vus du trottoir. La salle du fond était apparemment réservée, ce qui aurait été ma préférence autrement.

Je me suis abaissé sur ma chaise, l'ironie de cela ne m'a pas échappé. À l'époque où Corbin était dans ma vie, j'adorais l'avoir à mon bras. Entrer dans une pièce et lui tendre la main pour faire savoir qu'il était à moi.

C'est parce que sinon, personne n'en aurait eu la moindre idée, m'a rappelé la réalité. Corbin était un flirt éhonté. La monogamie n'était pas dans sa nature, quelque chose que je n'ai appris que trop tard.

J'ai tapoté nerveusement du pied, vérifiant mon téléphone. Cela faisait une demi-heure que je ne lui avais pas donné l'adresse, il aurait dû être là d'ici n...

Presque au bon moment, la cloche de la porte a sonné et j'ai su que c'était lui avant même de lever les yeux de l'écran. Il y eut un silence qui parcourut la pièce, comme si le monde le remarquait alors qu'il s'avançait pour passer sa commande.

"Incroyable", me moquai-je en le regardant s'appuyer sur le comptoir. Le barista, qui me regardait à peine dans les yeux, riait actuellement comme une écolière. J'ai regardé la scène alors qu'il enlevait sa casquette et secouait ses mèches dorées avant de la remettre en place - à l'envers, bien sûr, pour qu'elle puisse bien voir. Il prit sa tasse et se dirigea vers la station de crème et de sucre. Il a finalement scanné la pièce pour comprendre la raison pour laquelle il était ici, inclinant la tête en signe de reconnaissance quand il m'a vu.

Je l'ai juste regardé jusqu'à ce que son sourire disparaisse. Il finit et marcha péniblement comme un enfant avec un bulletin scolaire rempli de C et de D, rempli d'excuses et d'explications.

"Désolé, je suis un peu en retard..."

"Ne t'inquiète pas, je me souviens que la ponctualité n'est pas l'un de tes points forts," l'interrompis-je avec un haussement d'épaules. Entre autres choses...

Il grimaça. "Je suppose que je méritais ça."

Je ne pouvais pas m'en éloigner. "Mériter? Ce que vous méritez serait quelque chose qui ressemble à une gifle. Ou un coup de poing. J'ai saisi ma tasse à deux mains. Ou une autre tasse de café renversée, mais cette fois, elle serait jetée directement sur ce visage parfait.

J'ai posé la tasse, pas parce que j'avais des doutes sur l'agression par le café, remarquez. Je commençais à trembler de manière incontrôlable et je ne voulais pas qu'il le voie. Son effet sur moi ces jours-ci était loin d'être positif ; quiconque ayant le don de la vue pouvait voir qu'être avec lui était une affaire éprouvante. Mais je ne voulais pas qu'il sache qu'il avait encore le moindre effet sur moi.

Je posai ma tasse et posai mes mains sur mes genoux. Je me suis frotté les mains et j'ai essayé de ne pas imaginer que je lui tordais le cou.

Mon combat a dû être visible sur tout mon visage parce qu'il a baissé la tête. «Je sais que je suis la dernière personne que tu veux voir. Crois-moi, j'ai failli avoir une crise cardiaque quand je t'ai vu debout au premier rang. Il releva son menton de sa poitrine, ses yeux sombres scintillant de lumière. "Je ne savais pas que tu étais fan."

"Oh, ce n'est pas le cas," dis-je sans perdre un instant. « Me retrouver à votre concert était un pur hasard. Nous... » J'ai fait une pause, ressentant la première étincelle d'espoir depuis que je l'ai vu au bureau. "Mon mari et moi surveillions l'événement." J'ai laissé de côté le fait que ledit mari n'était pas avec moi ce soir-là car nous nous disputions. Il n'avait pas besoin de connaître les sales détails. Je ne devais rien à Corbin Wolfe.

Ses narines se dilatèrent et j'ai failli rire. Je le connaissais assez bien pour savoir qu'il n'était pas jaloux. Pas vraiment. Tout tournait autour de lui – au contraire, il était simplement gêné par le fait que je ne buvais plus son parfum de Kool Aid. Je ne me languit plus de ce qui aurait pu être. Je ne demande pas son autographe.

« Tu es marié maintenant ? Ouah!"

"Et nous avons une fille", ai-je ajouté. « Mais je ne suis pas venu ici pour parler de ma vie à la maison... »

« Euh, hein, » grogna-t-il sarcastiquement. Il a eu l'audace de me faire un clin d'œil pour démarrer.

Je savais mieux, mais j'ai quand même décidé de mordre. « Que veux-tu dire par « euh, hein » ?

"Allez, Leila Bear..."

"Ne m'appelle pas comme ça," grognai-je en me penchant pour qu'il puisse voir que je ne plaisantais pas. "Je n'aimais pas ça à l'époque, et c'est irrespectueux et inapproprié maintenant."

"C'est mauvais," poursuivit-il en haussant les épaules. Je lui ai vraiment fait comprendre qu'il ne prenait pas ça (ou moi) au sérieux. "Comment dois-je t'appeler alors?"

J'ai presque dit 'Mme. Whitmore", mais cela m'aurait rendu aussi mesquin que lui. "Mon nom fonctionne très bien."

"Très bien, Leila", il a essayé et a réussi à maintenir cette étincelle enjouée dans ses yeux. « Et le « euh, hein » ? Vous auriez pu rester professionnel. Ne mentionnez pas lui ou votre enfant si vous ne voulez pas vous vanter de votre vie incroyable maintenant. Il porta sa tasse à ses lèvres et souffla la surface du liquide, créant un effet d'entraînement qui me fit souhaiter de pouvoir le noyer dedans. « Tu penses que je ne sais pas que tu es marié ? Même si j'ai évité les kiosques à journaux du magasin et les petits morceaux de The Whitmores aux informations, dès que je t'ai vu, j'ai utilisé mon Google fu et je me suis mis au courant de tout ce qui concernait Leila. J'ai vu que tu t'étais marié et que tu avais un bébé. Le petit bébé le plus mignon, si les bébés sont votre truc.

"Et nous savons que ce n'est pas votre truc, n'est-ce pas ?" J'ai grogné, si chaud que j'ai été surpris de ne pas transpirer à flots. « Rien qui puisse vous faire grandir ou vous installer. »

Son expression a changé. Adoucissement sur les bords. Ses yeux abandonnent les miens, comme s'il ne supportait pas de me fixer fixement. Je ne pouvais pas accepter la vérité. "Je suppose que tu m'as tout compris."

J'ai soulevé et baissé mes épaules. "Je sais assez."

Cela le fit réessayer, le gris passant de la table à ma poitrine.

Il ne va pas...

Mais il l'a fait. Il a lentement progressé, m'accueillant comme s'il voulait se familiariser à nouveau avec chaque partie de moi.

Soudain, je ne savais plus si la chaleur était de la colère... ou autre chose.

Je reculai brusquement de la table, ma chaise tombant au sol alors que je me relevais brusquement. Toute la salle l'a entendu, car bien sûr, c'était le cas. Je devenais vraiment doué pour faire une scène.

"Je dois aller aux toilettes", mentis-je en tournant les talons et en me dirigeant vers l'arrière comme si une urgence était en cours. J'ai jeté un regard plein d'espoir sur la salle privée, souhaitant avoir une refonte, un moyen de pouvoir parler librement à Corbin sans craindre que quelqu'un m'entende ou que je renverse une chaise ou renverse un autre verre. Minimisez les chances que je lise demain sur un blog que Leila Whitmore ait eu un premier rendez-vous nerveux lors de son rendez-vous illicite avec le chanteur de About Us.

J'ai failli passer devant la pièce parce que la porte était toujours presque fermée, mais une volée de rires dévastateurs et familiers m'a arrêté net.

Je me suis penché, écoutant le flux et le reflux tandis que mon cœur se serrait dans un poing dans ma poitrine.

Était-ce La Zone Crépusculaire ?

Avais-je perdu la tête ?

Cela ressemblait énormément à...

J'ai regardé dans l'éclat laissé par la porte escamotable et j'ai vu un éclair bleu. Mais pas n'importe quel bleu. Marine, violet et gris. Un bleu parfait. Le genre de bleu qui a fait battre mon cœur quand je l'ai vu. J'avais tout laissé tomber et je l'avais acheté immédiatement, car cela me rappelait les yeux de Jacob.

J'ai ouvert la porte, voyant le profil de Jacob et souriant, jusqu'à ce que je continue et vois un autre profil.

Le profil d'une femme.

Une petite femelle, à la peau ivoire et aux cheveux châtains impeccables. Le genre de cheveux des publicités.

Elle riait aussi.

Avec mon mari.

J'ai laissé la porte claquer et tous deux ont tourné la tête dans ma direction.

Jacob arrêta immédiatement de rire, probablement parce que les mots qui sortaient de ma bouche n'étaient pas du tout des mots. C'était le cri d'une femme qui vacillait au bord du gouffre. Une douce brise loin de devenir fou.

"Jacob, qu'est-ce qui se passe ici ?!"

Don't miss out!

Visit the website below and you can sign up to receive emails whenever Père Lolo publishes a new book. There's no charge and no obligation.

https://books2read.com/r/B-A-WAWIB-MHHID

BOOKS2READ

Connecting independent readers to independent writers.

Did you love *La Caresse du Milliardaire*? Then you should read *Réclamer sa Propriété*[1] by Père Lolo!

[2]

"Réclamer sa propriété" est un captivant roman qui explore les thèmes de l'ambition, de la famille et de la passion inattendue.

L'histoire suit Skylar, une jeune femme déterminée qui rêve d'une vie meilleure malgré les critiques constantes de sa riche tante, Béatrice. Lors d'une visite, Skylar rencontre Cade, un ouvrier mystérieux, et une étincelle instantanée se produit. Alors que l'histoire se déroule, les secrets émergent, révélant les manipulations de Béatrice et la lutte de Skylar pour s'en libérer.

"Réclamer sa propriété" est un récit captivant de découverte de soi, de désir et de la poursuite de son destin, offrant aux lecteurs un voyage

---

1. https://books2read.com/u/mYz07V

2. https://books2read.com/u/mYz07V

fascinant dans le monde complexe des relations familiales et de la passion
inattendue

Also by Père Lolo

www.ingramcontent.com/pod-product-compliance
Lightning Source LLC
Chambersburg PA
CBHW072039150726
47999CB00002B/987